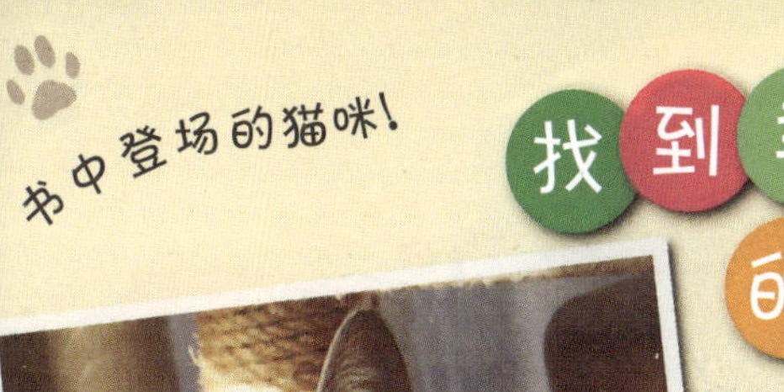

找到幸福的流浪猫

那样看着我，
我要害羞的，喵!

王子

克拉拉
露露

我们最喜欢这里。

好喜欢这个
毛茸茸的球球，喵!

外面好像
很好玩，喵!

和它们的兄弟

我喜欢高高的地方。
阿银
我是薄荷。
我是向日。
最喜欢用同样的
姿势一起睡觉！
向日
薄荷

救救动物！

找到幸福的流浪猫

〔日〕今西乃子 原著

〔日〕青鸟文库 编

高宁 译

目 录

引子　被猫咪施了魔法！

尖锐的铃声划破了清晨的寂静。

长谷川深雪裹紧被子，虽有些不情愿，但还是猛地坐了起来。

床边的爱犬五郎，早已迫不及待地要出门散步了。

“早上好，五郎！等一下，我要换衣服。”

为了在上班之前带爱犬出门散步，深雪每天很早就起床。虽说天天如此，但在这样寒冷的清晨，从被窝里爬出来真是需要毅力啊。

迅速换好衣服，深雪牵着五郎出门了。

深雪和五郎走在平时散步的小路上。明明 4 月都快要过去了，天气却依然寒冷。

“阿嚏！阿嚏！”

深雪接连打了好几个喷嚏。

走快点身体应该就会暖和了吧。

深雪这样想着，不由得加快了脚步，五郎也立刻跟了上去。

突然，五郎在一片树林前面停住了。脚步匆匆的深雪来不及停下，差点撞到五郎。

“五郎，不要突然停下来啊！”

五郎好像发现了什么，面朝树林，竖起耳朵。

“五郎，怎么了？”

深雪也朝树林里张望。跟平时一样，没什么变化。

突然——

“沙沙……沙沙……喵……喵……”

深雪听到在树叶晃动的“沙沙”声中混杂着奇怪的声音。

五郎似乎很在意那个声音。

深雪再次侧耳细听。

“喵……喵……”

声音虽然微弱，但毫无疑问，是小猫的叫声。

“五郎，在这里等着！”

深雪把遛狗绳拴在附近的树上，然后向林中

走去。

林中树木枝叶繁茂，尽管深雪努力循着叫声的方向前进，但每当有风吹过，声音都好似忽远忽近，难以捕捉。

究竟在哪里呢？

这是一片很少有人进入的杂树丛，枯萎的草木挡住了去路，春草正在繁茂地生长，几乎看不到地面。

虽能听到叫声，但究竟是从哪里发出来的呢？

深雪仔细地找了好一会儿，但还是没有找到。

可能是错觉吧。如果是错觉的话倒没事，可万一……

快要到上班时间了，深雪只能放弃寻找，带着五郎回家，然后急匆匆地奔向公司——一家经营房地产的事务所。

当晚，回家路上，放心不下的深雪再次来到树林前。

周围寂静无声，已经听不到小猫的叫声了。

“可能被谁捡走了吧。”

“如果那样的话我就放心了。”深雪松了一口气，回家了。

五天后，傍晚，深雪带着五郎散步，经过树林时，又一次听到了那个声音。

而且那个声音，明显比之前更细小、更微弱。

“天哪！它还在那里！”

深雪冲进树林，在茂密的草丛中焦急地寻找。

林中的杂草又长高一大截，连走路都有些费力。

虽然能听到叫声，但完全看不到小猫的身影。

“喵……喵……”

“咪咪，你在哪儿呢？”

“喵……”

深雪仅凭极其微弱的声音，在树林中来回寻找。

终于，深雪找到了——一个超市购物袋。

“啊？不会吧，难道在袋子里？”

深雪半信半疑地朝袋子里看了一眼。

"找到了……"

购物袋里是两只非常小的小猫崽。应该刚出生没多久，连眼睛都还没睁开呢。

深雪赶紧把小猫拿出来，捧在手上。

好轻，而且真的好小啊。

有一只已经不动了。

另一只还在微微抖动，发出虚弱的叫声。"一直在呼救的就是你吧！"

总之，一刻也不能耽误了，要赶快帮它们取暖。不幸去世的小猫，也要好好地埋在院子里。

深雪毫不犹豫，一路小跑，把两只猫咪带回了家。

深雪用柔软的毛巾把两只冻僵的猫咪包好。

之后，她将灌满温水的塑料瓶放进毛巾里，希望能让猫咪赶快暖和起来。

随后，深雪再次冲出门，去买幼猫奶粉。

回家后，深雪马不停蹄地烧水、冲奶粉，把牛奶倒入幼猫专用的奶瓶。

在深雪的帮助下，眼睛还没睁开的小猫崽，慢慢地吮起了奶瓶。

直到这时，深雪才长舒了一口气。

小猫喝到牛奶，终于可以稍稍安心了。

不过小猫也真厉害啊，这么小的身体，竟能发出那么大的叫声。最终还是找到了，真是太好了！

体重嘛，大概是两个鸡蛋的重量，或者更重一点，用手掌就可以轻松托起来。

两只都是三花猫，所以应该都是母猫吧，听说三花的公猫很少。

不一会儿，小猫吃饱了。

这时，另一只小猫，之前深雪以为已经死掉的小猫，开始微微活动。

“啊，它还活着?!”

深雪连忙把它抱起来，将奶瓶凑近嘴巴。

小猫非常虚弱，“喵喵”地叫着，慢慢地喝起牛奶。

“喝下去了……”

能够自己喝奶，说明小猫应该没事了。

“太好了……”

深雪心想，幸好把两只小猫都包裹起来了。

要是没有包起来，可能真的就死了呀。

小狗五郎也摇着尾巴凑过来。

五郎抬起头，朝深雪汪汪地叫着，好像在说：

“是我，我找到了它们，我厉害吧！”

深雪眼眶湿润了，她摸着五郎的头说：

“五郎很棒呢！你立大功啦！”

深雪给两个小家伙取了名字：在树林里一直叫的是波波，起死回生的是小虎。从这天开始，深雪家又增加了两名家庭成员。

从此，深雪的生活发生了翻天覆地的变化。

为了照顾小猫，深雪半夜定好闹钟，每两个小时起来一次。

她要给小猫温牛奶，还要用沾了热水的棉布刺激它的屁屁。

刚出生的小猫，需要母猫舔舐屁屁，帮助排泄。两只小猫没有妈妈，只能由深雪来做了。

深雪每天为照顾小猫睡眠不足，但是多亏她夜以继日地悉心照料，两只小猫眼看着越来越结实。

大约过了一个月，两只小猫就开始撑着短短的小腿，摇摇晃晃地满屋跑了。

橘色、黑色和白色，颜色分明的三花猫，是波波；颜色稍浅的橘色三花猫，是小虎。

她们俩虽是亲生姐妹，但性格完全不同。

每当深雪坐在沙发上看书时，波波总会跳到她腿上。绒线球一般的波波，跳到深雪腿上就缠着她，不让深雪专心看书，像个爱撒娇的小孩子。

比起深雪，小虎却更喜欢狗狗五郎。小虎总是

小虎

波波

把深雪扔在一边，缠着高大的五郎撒娇。就连晚上睡觉也是，即使深雪把小虎抱到床上，它也会跳下去，睡在五郎旁边。

无论两个小家伙怎么玩闹，作为前辈的狗狗五郎也绝不乱动，只是静静地趴在一边，任它们玩耍，就像它们的爸爸一样。

此前很长时间，深雪与狗狗五郎相依为伴，如今增添了小猫，生活十分新鲜。

她们在那个时候被我找到，真是太好了……

这样，可能在树林里悄然消逝的两条小生命，重获新生了。

波波　五郎　小虎

那之后，每天深雪与五郎散步经过那片树林时，总是忍不住停下脚步。

“万一又有小猫被丢在这儿呢？就像曾经的小虎一样，在塑料袋中渐渐冰冷……”

怀着这样的心情，深雪每天遛狗时，绕着树林走一圈，已然成为一种习惯。

深雪没有再听到小猫的叫声，稍稍安心，但同时，又有其他不安悄悄涌上心头：

“如果再有被遗弃的小猫，我该怎么办呢？”

“再捡回来养在自己家里吗？”

“如果有五只、六只、十只怎么办？”

“那样我肯定养不了啊！”

“但是，把小猫扔在那里不管，我更加做不到。”

“到底该怎么办呢？”

像这样的自问自答反反复复在深雪心中回荡。深雪每天祈祷着不要发现流浪猫，却又忍不住在遛狗时绕着树林转转。

就这样过了两年，在5月末的一个凉爽的日子里，爱犬五郎去世了，终年十六岁半，它走得很平静。

家里只剩两只猫，深雪不用再为了遛狗早起了。

而且，也不用再从那个树林前经过了。

一边害怕发现小猫，一边忍不住绕着树林寻找，深雪终于从这种矛盾中解脱了。

死里逃生的波波和小虎，现在已经两岁了。按照人类的年龄计算，它们已经成年。

虽说是大猫了，但它们的顽皮性格却丝毫未改，还是像以前一样，在房间里跑跳嬉闹，在深雪的床上蹦跳打滚。波波同样还是喜欢抱着深雪的手臂撒娇。

每晚，两猫一人，暖暖地挤在一张床上睡觉。

这是五郎救下的两只小猫。每天晚上，深雪看着它们安详的睡姿，工作的疲惫便一扫而空。

深雪本以为会一直这样，与波波和小虎平静地生活下去，直到那一天。

小虎　　波波

那是五郎去世第二年的年末，深雪出差返回公司的路上，不承想又遇到了一只小猫。

那是一只黑白花纹的小猫，正打算慢悠悠地钻进深雪车子的引擎里，大概因为车子刚停，里面还很暖和吧！

“啊，太危险啦！不能钻进去啊！”

小猫看上去大概三个月大，见到深雪也不逃走，反而“喵喵”地叫着，蹭到深雪脚边撒娇。

小猫性格如此亲人，会不会之前是家养的宠物？

那样的话，这只小猫可能是被丢弃了……

在深雪脚边撒娇的小猫，仿佛在对她说：

“做我的妈妈吧！”

深雪一伸手，就轻松地抱住了猫咪。毛茸茸、暖乎乎的触感，仿佛一下子把她融化了。

“把小猫丢在这里，转身离开，这种事我无论如何也做不到啊！”

“但是这样的话，我们家里的猫就会越来越多了。”

“我已经有两只猫了，不能再养了。”

“但是……”

怀里的猫咪抬起头，看着深雪，“喵”地叫了一声。

结果，深雪还是把它带回了家。

“波波，小虎，来新朋友了！要好好照顾人家，和谐相处哦！”

深雪把小猫放在被炉下，给它盖好被子，打开一个温热的幼猫罐头放在它面前，然后急匆匆地返回公司。

晚上，深雪下班回家后，在被炉下没有看到

小猫。

“哎，去哪儿了？”

然后，“呜……呜呜……”从二楼传来波波和小虎的低吼声，平时很少听到它们这样叫。

深雪连忙跑上楼，声音是从深雪的卧室里传来的。

深雪悄悄地朝卧室里偷看……

原来，那只小猫正舒舒服服地睡在床的正中间，也就是波波和小虎平时睡的位置。

波波和小虎，两只年长的猫站在房间角落，小心翼翼地盯着小猫，低吼抗议。

哎呀呀，有派头！这个小家伙真是悠然自得的“自来熟”啊！

深雪怀着敬意，给新来的小猫，取名悠太。

波波、小虎还有悠太，与三只猫一起生活，倒也没有像深雪担心的那样糟糕。

当然，三只猫的猫粮、猫砂费用，还有每月定期去宠物医院检查的费用，加起来也不少，但与猫咪生活在一起的快乐是无价的。

喜欢撒娇，总是跳到腿上的波波。

有些怕生，喜欢自己玩耍的小虎。

悠闲自在，喜欢被别人关注的悠太。

深雪省吃俭用，节衣缩食，与三只性格迥异的猫咪生活在一起。

三猫一人的生活，就这样波澜不惊地过了几年。

一天，深雪下班回家，突然发现几只正在垃圾堆里翻找食物的猫咪。

悠太

“怎么办？”

偏偏又看到了自己不愿看到的景象。

“我应该伸出援手吗？”

“但是，继续这样做的话，我家就要变成‘猫屋’了。”

深雪想到，以前新闻节目里讲过，有个人接二连三地捡流浪猫回家，最后家里竟有几十只猫。

只因觉得流浪猫可怜，就接二连三地捡回家，最终主人的生活一团糟。

家人抱怨、倾家荡产，然后人际关系崩塌……

深雪不禁打了个寒战。

装作什么也没看见，赶紧回家吧。

但是，深雪心里明白，自己根本做不到。

几只小猫发现了深雪，一下子躲到了垃圾箱后面。

这些小猫警戒心很强，似乎不能像当初捉悠太那样轻松地捉到它们。

如果它们像波波和小虎当初那样，眼睛还没睁开的话，也可以很容易带回家。但是它们大概已经出生三四个月了。

换算成人类年龄的话，大概是五岁到七岁的小孩子了。直接捉的话，会吓到它们的。

怎么办呢？

深雪停在原地，盯着小猫们看了一会儿。但她心里还是没有下定决心带它们回家，所以还是先回家想想其他办法吧。

一定会有更好的办法。

经过一番调查，深雪发现自己居住的城市里，有一个“猫咪领养”志愿服务组织。

这是一个收留无家可归的流浪猫，并帮它们找到新主人的公益组织。

有很多人想养猫，如果能将流浪猫介绍给想要养猫的人，不是正好吗？

“帮助流浪猫，一定要带回家养吗？”

对有着这样烦恼的深雪来说，这个志愿服务组织，是个巨大的希望和救星。

而且，幸运的是，听说深雪家附近就有该组织的志愿者。

深雪马上打电话，说明情况：

“我在家附近的垃圾场发现了流浪猫，它们正在翻找食物，我想要帮助它们……”

深雪第一次打电话，有些不安，对方耐心地答复她：

“捕捉流浪猫需要用到捕猫笼。在里面放入食物，等待猫咪钻进去扣动机关，笼门会自动关闭。捕猫笼可以在宠物医院借到，我告诉您哪里可以借，请您帮忙捉住猫咪。”

据那位志愿者所说，即便借助捕猫笼，捕捉流浪猫也不是一件容易的事。

“猫咪十分机敏，想要徒手捉住它们肯定是不可能的，还有可能被咬伤或抓伤。猫咪也不知道我们是要帮助它们呀。”

许多猫咪对捕猫笼十分警惕，无论如何不肯钻进去；有时好不容易捉到了猫咪，却被不明真相的人放走；甚至最坏的情况，会有人把捉住的猫咪偷走，去做坏事。

所以为了保证猫咪的安全，最好布置好捕猫笼之后，躲在隐蔽的地方，死死盯住，不要走开。

“救助一只流浪猫可是很麻烦的哦，但是，不能停下来啊，这份工作……您很快就能明白我的心情了！”

其实当时的深雪，并没有真正明白志愿者的心情。

但是她相信，她们想要救助猫咪的心情一定是一样的。

深雪反复道谢后，挂断电话。

第二天，深雪去宠物医院借了捕猫笼，来到垃圾场附近。

因为深雪白天要上班，只能在晚上到深夜的时间守着捕猫笼。

那时已经是 12 月下旬，临近年底了。

无论穿得多厚，哪怕口袋里揣着“暖宝宝”，要是一动不动地蹲点的话，不一会儿人就会冻僵了，从头顶到脚趾，全都冷冰冰。

听志愿者说起来很简单，然而现实情况还是十分严峻的。

夜复一夜，接连几天晚上，深雪都躲在暗处，盯着捕猫笼。但是小猫的警戒心太强，完全不靠近捕猫笼。

某天，深雪像往常一样，一边盯着捕猫笼，一边在心中祈祷：

“拜托了，进去吧……”

突然，她的肩膀被人拍了一下。

深雪吓了一跳，连忙回头，发现是一位穿着警服的民警。

不过想想也是，半夜藏在暗处，连续几个小时死死盯住一个地方，不被人怀疑才奇怪呢。

深雪之前完全没有心理准备，此刻她再次深切地体会到了志愿者的那一句“很麻烦的哦”。

深雪向警察说明情况后，没有被带走问话。但之后，怀疑深雪的也不止那位警察。

有一天，一个路过的男人，像盯着可疑的人一样，十分警惕地对深雪说：

“你在这里干什么？你要给流浪猫喂食吗？”

“不是。我要救助流浪猫，给它们找领养人。”

“找领养人？会有人愿意养流浪猫吗？”

“我就养了三只猫，都是外面捡来的。”

“如何寻找领养人呢？”

“现在好像可以利用网络发布领养信息。”

实际上，深雪并没有操作过，但只能这样说了。

那人大概被说服了，“那你加油吧！”他给深雪丢下句话就离开了。

每天深夜，深雪拎着空空的捕猫笼回家，身体固然疲惫，但心里的疲惫更让人濒临崩溃的边缘。

深雪打开房门，波波、小虎、悠太三只猫咪并排等在门口迎接，仿佛在问：

“这么晚了，你去哪儿了？”

波波、小虎、悠太，原本都是被遗弃的生命。

那些垃圾场的猫咪也是如此。

实在不能坐视不管，天气越来越冷了，谁也不能保证那些小猫能撑过这个冬天。

所以，深雪每天都重复着同样的日子——拎着空空的捕猫笼归来，被三只猫咪“喵喵”问“你去哪儿了？”的日子。

深夜的天气冷得几乎把人冻僵，还被人当作坏人，真是没有一件开心的事。

即便这样，不可思议的是，深雪从未有过放弃的念头。

“死了也好”，这世上没有任何一个生命应该被如此看待。

“小猫啊，你们可能因为被遗弃，所以不再信任人类了吧。但是，我是真的想救你们，拜托了，请相信我！”

日复一日，不知不觉，垃圾场附近的小猫只剩下两只了。

其他小猫是被饿死或冻死了吗？

剩下的两只小猫，一只黑白花纹，一只长毛褐色条纹。两只小猫的尾巴都是短短的，像个小毛球一样，很少见。

那两只小猫，如果不快点救助，可能也要死了……

深雪怀着焦急的心情过完年，终于在 1 月 16

日——深雪的生日那天，两只小猫一起进入了捕猫笼。

“终于抓到了……”

深雪不由得叫出了声，在这寒冷的冬夜，呼出的气都变成了白雾。

这真是最好的生日礼物！

深雪兴奋地跑到捕猫笼跟前，甚至没有注意到脖子上的白色围巾掉到了地上。

当时是凌晨一点半，气温零下一摄氏度。

跟深雪预想的一样，两只小猫因为长时间的寒冷和饥饿，身体十分虚弱。

大概实在饿得受不了了，才进入捕猫笼吃诱饵了吧。

深雪把它们带回家，拿出热好的幼猫罐头喂它们吃。

第二天，深雪带它们去了熟悉的宠物医院，给两只小猫做检查。所幸两只小猫都没什么疾病。

因为它们身体虚弱，所以检查时没有剧烈反抗，但无论对深雪还是宠物医生，都发出了威胁的

“呜呜”声。两只小猫过了三四个月艰苦的流浪生活，对人类的戒心不是一下子就能消除的。

“波波、小虎、悠太，来看新伙伴了，以后要和谐相处哦！”

波波远远地看着新来的两个小家伙，蓬起了尾巴，显得十分警惕。

小虎一看到两只小猫就跳上了柜顶，从高处小心翼翼地向下张望。

一向悠闲自在的悠太，虽说没有逃走，但也不像平时一样，凑到深雪的脚边来了。

它们仨看着深雪忙前忙后地照顾新来的小猫，稍稍安下心来。

不一会儿，当深雪靠近时，它们渐渐地徘徊在小猫的周围。

深雪给长毛褐色条纹的小公猫取名里恩，因为它就像一只小狮子一样；给另一只黑白花纹、叫声很可爱的小母猫取名加恩。

里恩和加恩虽然还有些警惕，但渐渐地吃起深雪

加恩　　里恩

准备的食物，毛色越来越亮，在家里也越来越放松。

远处围观的波波、小虎、悠太三位前辈，也渐渐地接纳了它们。

年纪较小的悠太会跟里恩、加恩一起翻滚打闹，而成年的波波和小虎，则在一旁看着，不时地打着哈欠。

每当看到这样的场面，深雪总会情不自禁地微笑。

能救下里恩和加恩真是太好了，接下来就要为它俩找合适的领养人了。

深雪彻底安心了，她上网找到猫咪领养网站，准备把里恩和加恩的信息登记上去。

“我一定会给你们找到好人家，让你们过上幸福的生活。”

这就是深雪开展猫咪领养服务的初衷。

在救助里恩、加恩之后，深雪在做着本职工作的同时，开始从事救助流浪猫，为它们找领养的志愿工作。

这份志愿工作的第一单——里恩和加恩，此后在它们身上又发生了哪些故事，那时的深雪还完全想象不到。

里恩　加恩

1. 灰色的小公猫阿银

——成为家人的故事

“很可爱哦，要不要抱一抱？”

路过商场的宠物店门前时，突然有人搭话。主妇林留美子回头一看，是宠物店的店员，怀里抱着一条小狗。

“看看吧，多可爱！”

店员直接把小狗递到留美子三岁的儿子直也怀里。

“我们住的公寓里不让养狗……”

留美子正想带着直也离开，但直也已经喜出望外地抱住了小狗。

“喂，直也，走了！”

父亲雅昭叫直也。

“好可爱！好可爱哦！”

直也用脸颊轻轻地在小狗背上摩擦，爱不释

手。直也的姐姐，小学二年级的由希奈，也从旁边伸出手抚摸，两人都十分兴奋。

两个孩子都特别喜欢小动物，外公外婆家里养了猫，他们比任何人都喜欢猫。

直也抱着小狗，显然十分喜爱，不愿撒手。

“这不是直也的狗狗，是店里的狗狗。来，跟阿姨说声谢谢，把狗狗还给阿姨吧！”

“不要！这是我的狗狗！”

直也似乎不愿轻易放手。

“不好意思，孩子还小，不懂事。我们家没有养狗的打算……”

留美子礼貌地拒绝了，店员微笑着继续说：

“看您儿子那么喜欢，再考虑一下吧！”

“儿子虽然喜欢，但他还不能承担起责任，无法自己照顾宠物呢！”雅昭干脆地说。

店员脸上的笑容一瞬间僵住了。

“这样啊……那……”店员把小狗从直也手中接了过去。

接过去的瞬间，果不其然，直也大哭起来。

“不要！我的狗狗！”

直也的哭声在商场内回荡。

难得周末全家一起逛街的好心情，就这样被毁了。

“走了，直也！回去了！”

雅昭他们拉着哭泣的直也离开了宠物店。

倒也不是宠物店的问题。

留美子和雅昭原本都很喜欢小猫小狗。

特别是留美子，从小家里养猫，所以一直想着成家后自己也养只猫，雅昭也很支持。

只是，他们现在住的公寓不允许养宠物。

因为不容易被发现，所以有人偷偷养猫，但万一被发现，遭罪的就是猫咪了。

原本就是喜欢猫，才想养猫的，一定要让自己的猫幸福，所以在养猫的条件完备之前是不会考虑的。

这就是留美子和雅昭的想法。

直也上小学那年，留美子一家终于买下了属于自己的房子。

“这下终于可以养猫了！”

搬家之前，留美子开始正式考虑养猫的事。

只是考虑一下，就让留美子兴奋不已。

这时，留美子的朋友打来了电话。

“我跟你说，我最近在宠物店买了一条巴哥犬……”

巴哥犬是一种鼻子黑黑的小型犬。

“啊，真好。然后呢，怎么了？”

“买了没多久，查出来得了癫痫病。我们去宠物店理论……”

“宠物店怎么说？”

留美子不由得握紧听筒。

“他们竟然说：‘给您换一条！’”

留美子一时语塞，不知该说什么。

“什么‘换一条’……”

朋友的声音带着哭腔。

“现在怎么可能换一条呢？它已经是我们家的一员了……”

之后传来朋友的抽泣声。

退回宠物店的患病巴哥犬，肯定不能再次出售了。

不能出售的小狗最后的下场——只能想到“安乐死”这一条路了。

“不好意思，我只是想找人倾诉一下。癫痫病只要按时吃药就能得到控制，不常发作的，我们会继续好好照顾它的。”

挂掉电话后，留美子一时恍惚。

患病的狗可以“更换”。

这件事，不知道孩子们会怎么想。他们可能会觉得，有生命的小狗，也只是可以交换的商品。

有时留美子觉得，也许只是朋友去的那家宠物店不太好。

但是，这通电话完全打消了留美子去宠物店买猫的念头。

反正现在回到娘家也能看到猫咪，由希奈和直也对此也很满足。

如果在外面遇到流浪猫，就把它带回家养吧。

留美子这样想着，几年过去了。

一次，直也的小学里发现了三只流浪小猫，但被别的孩子带回家了。

直也用非常遗憾的语气，对留美子讲述这件事。

之后，又过了大约三年，娘家的猫咪去世了。

听到这个消息，由希奈和直也最为伤心。

他们赶到外婆家，在庭院里猫咪的墓前，哭了好久。

看他们这个样子，留美子心想：

“我们家也该养只猫了。只是偶尔一起玩耍的猫咪去世，就让两个孩子如此伤心。”

这时，直也正在上小学四年级。

已经不会把小动物当作玩具看待了。

但是，还是不想去宠物店啊……

深思熟虑后，留美子决定上网查查。

以前，听直也说过学校里捡到流浪猫的事。

或许，有人捡到流浪猫之后，会在网上发布消息，找人领养呢？

留美子想到这里，马上打开电脑查起来。

“啊，这么多？”

留美子不由得叫出声来。

没想到网上居然有这么多猫在等待新主人。

早知道有这么多待领养的猫，完全没必要去宠物店买啊。

这时，留美子的目光停留在第一页的一只灰色小猫身上。

留美子被照片中猫咪圆溜溜的大眼睛深深地吸引住了。

而且，发布信息

千叶县A市

公猫　灰色狸花　三个月

特征：

性情温和，与人亲近，也能很好地与其他猫一起玩耍。

送养人：长谷川女士

的送养人与留美子住在同一座城市。

不需要再选了，就是它了，这也是一种缘分吧！

“我们就把这只猫咪带回家吧！”

留美子盯着屏幕中灰色猫咪的照片，大声招呼着孩子们。

“由希奈！直也！快来看，这只小猫怎么样？是个‘男孩子’！”

由希奈和直也自然不会反对。

最后只差说服丈夫雅昭了。雅昭原本也很喜欢动物，所以也不会有任何问题。

当晚，雅昭下班回家，一家四口坐在电脑前，端详着猫咪的照片。

“它的毛看起来好柔软！眼睛圆圆的呢！”雅昭说道。

“真漂亮啊，灰色的花纹真可爱啊！”留美子也非常兴奋。

网上写着，小猫的名字是阿银。的确，浅灰色的毛好像闪着银光呢。

"太好了！我们就叫它阿银吧！"

全家赞成，于是留美子立刻给照顾小猫的送养人长谷川女士发邮件。

很快收到了回复。

长谷川女士的邮件中包含一个长长的问卷。

问卷中的问题，居然有二十五道之多。

"简直就像资料审查一样……"

雅昭十分惊讶，但留美子对这种做法立刻产生了好感。

这与宠物店完全不同。

问卷的主要内容是，确认领养人是否做好准备，真心把猫咪当作家庭的一员，能够承担责任，照顾猫咪直到最后。

这份问卷充分传递出长谷川女士的想法：希望猫咪幸福，也希望怀有同样心情的领养家庭因为猫咪的到来而收获幸福。

邮件中，关于问卷，有以下说明：

请您回答以下问卷。首先是希望了解您的基本信息，确认饲养猫咪的环境；另外，是为了排除“领养欺诈”或以虐待动物为目的领养等行为。

“虐待”，冰冷的词语跃入眼帘。

还有“领养欺诈”，真是闻所未闻。

究竟是什么样的欺诈呢？

怀着担忧的心情，留美子答完长长的问卷，并发送邮件，很快收到了回复。

感谢您的回答。请在方便的时候，来看看阿银吧！

收到回复，留美子和雅昭长松了一口气。

他们似乎通过了长谷川女士的资料审查。

这个周末，留美子全家决定去长谷川深雪女士家看望阿银。

留美子一家站在长谷川女士家门前，心情有点紧张。

门一开，可爱的小猫阿银跑出来迎接……

然而，留美子一家并没有看到想象中的画面，只看到了一团灰影飞速逃到厨房角落躲起来。

“阿银，怎么啦？”

长谷川女士追到厨房，把小猫抱了出来。

但是，长谷川女士刚想把它递到留美子他们手里，小猫又“嗖”的一下逃到厨房了。

“阿银，快出来。这些是你的新家人哦！”

无论长谷川女士说什么，阿银都没从厨房走出来。

留美子一家决定安静地等待一会儿。

长谷川女士家里，除了阿银，还有五只猫。

“这四只是我自己养的。这只小猫跟阿银一样，也在找领养，它叫小空。”

话音刚落，小空就“喵”地叫了一声，向留美子一家走去。

“好可爱！”由希奈和直也一起叫出了声。

接着，长谷川女士养的一只猫也走了过来。

“这只浅棕和白色相间的叫勘平，才一岁，还小，所以它的任务就是陪新来的小猫玩耍。其他三只猫早已成年了，都懒洋洋的。”

对面的三只猫咪都蜷成球，打着哈欠。

“那边的三只猫都多大了？”

“两只三花叫波波和小虎，都十三岁了。换算成人类的年龄将近七十岁。它们小时候，被人装在超市塑料袋里，丢在树丛里。”

“啊……”

留美子和雅昭不由得对视一眼。

“然后，那只耳朵到眼睛全黑的叫悠太。悠太十岁。它非常喜欢别人关注它，看，讲到它就过来了。”

一只黑白花纹的猫咪悠闲地走来，头在长谷川女士的腿上蹭了蹭。

由希奈和直也看到这么多猫咪，眼花缭乱，都看不过来了。

“悠太和勘平，之前也都是被人遗弃的吗？”

悠太　　勘平

另一边，小空伸出猫爪去逗勘平，被勘平“哈”的一声吓了回去。

真是一幅悠然闲适、令人欣慰的景象。

难以想象，这些猫咪曾经都是被人遗弃的……

“流浪猫，很容易就能捉到吗？如果是眼睛还没睁开的小猫，可能还好吧？”

留美子一边提问，一边仍十分在意躲在厨房的阿银。

“不不不，太难了！捉流浪猫对我们来说也是一种考验啊！”

长谷川女士笑着说：“请喝点茶，不要着急，耐心地等阿银出来吧。”

说着，她把留美子一家请到客厅休息。

长谷川女士送上茶水点心，大家刚刚坐在沙发上，一只猫咪就蹿到了她的腿上。

“波波最喜欢趴在腿上。虽然它有点重，但是冬天时会让你感觉很暖和、很舒服。”

波波在长谷川女士的腿上团成一团，由希奈和直也偷偷地笑着说：“好像一个靠垫。”

“如果是眼睛还没睁开的小猫，当然很容易捉到。但是，出生三个月大的猫咪，差不多相当于人类五岁，很怕人，远远地就跑开了，所以想要抓住它们，还是相当困难的。”

长谷川女士轻轻地抚摸着腿上的猫咪。

“那只黑白花纹的悠太，正打算钻到我的车底下呢，当时正是深冬，热热的引擎正好可以取暖吧。”

可能是想到当时的情形，长谷川女士“扑哧”一声，笑了出来。

“那它发现你之后，没逃走吗？”

“悠太没有逃走呢。我一招呼它，它就走过来了，我抱着它，它也不反抗。我就把它放在副驾驶座位上，就这样带回家了。它这么亲人，可能之前被人养过吧，后来出于某些原因，被遗弃了。”

留美子朝厨房张望。

但是，灰色的小猫还是没有出现。

“阿银也是这样捉到的吗？”

“阿银是附近小区里养的一只流浪猫。小区里有个老奶奶，一直在喂养阿银这些流浪猫。”

留美子和雅昭也知道，这样的人还是很多的。

流浪猫好可怜啊。

有些人这样想就会去喂流浪猫，这种想法是没错，但是……

“那个老奶奶，当然是出于好心，觉得流浪猫可怜才喂养它们的。但是，猫咪的粪便、发情期的叫声，还有食物残渣也会引来乌鸦，等等，让附近居民意见很大，所以他们来找我帮忙。阿银一直被老奶奶喂养，对人类比较熟悉，应该很容易能捉到的，没想到……”

长谷川女士面露难色，望向厨房。

“阿银是不是不喜欢我们啊？”

“不会的。阿银原本很亲人的，它与小空、勘平它们也玩得很好。我们再等等吧。”

虽然长谷川女士这么说，但是阿银还是不出来。

长谷川女士走进厨房，躲在柜子阴影里的阿银把身子缩得更小了，目光紧张地抬头朝这边看。

像是在说：“那是谁？我都不认识，好害怕……”

同样在找领养的猫咪小空，明显不那么怕生。

然而，躲在厨房阴影里一动不动的阿银，害怕得大气都不敢出。

“不好意思，阿银可能还是太害怕了……能请你们改日再来吗？”

长谷川女士十分抱歉地说。

雅昭站在留美子身边说：

“我们心意已决，真心想把阿银带回家，作为我们的家庭一员来照顾。”

留美子抬头看着雅昭，直也和由希奈也都点

头，心想：

“从第一次看到阿银的照片起，全家就已决定，就是它了！

“阿银跟我们还不熟悉，那就给它充足的时间，等它熟悉起来。

“只要把我们的心意传达到，阿银迟早会接纳我们。”

长谷川女士面露微笑。

“非常感谢。那么请你们做好迎接阿银的准备吧！”

过了几天，直也说想去购物中心，于是留美子开车带直也去了附近的商店。

留美子问：“想买什么？”

直也说：“没什么。”

坐在副驾驶的直也看起来心神不定，似乎在期待什么，手一会儿插在裤子口袋里，一会儿又拿出来。

刚到地方，直也就一头扎进商店，不见了

踪影。

“直也，你要去哪里？”

“反正是经常来的商店，他不会迷路。我先买我需要的东西，再去找他吧。”留美子这样想着。

买完东西，正在结账的时候，突然有人喊：“妈妈！”

留美子回头一看，是直也笑嘻嘻地站在面前。

“直也，你吓我一跳！”

直也手里提着一个购物袋。

他大概用零花钱买了什么东西。

“你买了什么？”

“嘿嘿嘿……”

直也从袋子里拿出一根蜻蜓形状的逗猫棒和一个猫咪食盆。

“这是你用零花钱买的吗？”

“对啊！”

直也摇了摇袋子，显得很开心。

明明留美子和雅昭已经给阿银买了好多东西了……

留美子一直以为直也还是个孩子呢，这次对他刮目相看。

“直也，谢谢你。阿银也一定很喜欢呢！”

“嘿嘿嘿……”直也害羞地笑了。

阿银由长谷川女士带着，正式来到林家，是在11月的一个晴朗的下午。

长谷川女士把留美子和雅昭为阿银准备的小床从车上拿下来，放在林家的客厅里。

这是留美子全家想出来的方案，为了让阿银更快地适应林家的生活。

留美子和雅昭提前给阿银买了小床，送到了长谷川女士家。

这样小床上也会留下阿银熟悉的勘平、小空的气味，阿银和小床再一起来到林家，一定程度上能够缓解阿银的不安情绪，让它顺利地开启新生活。

在全家的注视下，长谷川女士把装着阿银的猫咪背包轻轻地放下，拉开拉链。

沾有勘平和小空气味的小床，就放在面前。

阿银会不会马上进入小床呢……

还是……

阿银从猫咪背包里探出头来的那一瞬间，看都没看自己的小床，一溜烟地逃进了放在客厅的直也的学习桌下面，躲进阴影里，之后就再也没出来。

看起来还是相当害怕，无论长谷川女士怎么叫，都不肯出来。

之后的整整一个钟头，阿银就像一个小玩偶一样，一动不动。

“之后就拜托你们照顾阿银了。”

长谷川女士依依不舍地告辞了。

留美子低头朝桌下看，心想：“果然啊……之前它在熟悉的长谷川女士家里看到陌生的我们，都躲着不肯出来呢，更别提来到完全陌生的环境里，它一定更加害怕了。”

留美子一家在直也买的食盆里倒入猫粮，和水盆一起放在桌子下面。当晚，他们就静静地守护阿银，没去打扰。

但是，第二天，第三天，阿银还是不肯走出来。

有时，阿银会趁无人在客厅的机会吃点猫粮，喝点水，除此之外，完全不动。

留美子为了让阿银安心休息，在桌上罩了块布。

之后又过了一天，晚饭后，雅昭一个人躺在沙发上看电视时，突然注意到，好像有什么东西在他腿上动来动去。

仔细一看，灰色的小猫“喵喵”地叫着，正往他的腿上爬。

是阿银。

雅昭尽量不吓到阿银，轻轻地抚摸，凝视着阿银的脸。

“喂……你想起我来了？我们在长谷川女士家里见过的。”

阿银又一次“喵”地叫了一声，小短腿在雅昭的腿上踩了踩，躺下来，团成了一个小毛球。

雅昭轻轻地用双手把阿银环住，抱了起来。

“喂……快来！我抱住它了！”

雅昭压低音量，轻声叫家人来看。

家人听到后，为了不惊动阿银，蹑手蹑脚地来到客厅。

“爸爸太过分了！居然先抱阿银。”直也非常嫉妒，抱怨说。

“是呀！太过分了！”由希奈也说。

全家人都围过来，看着阿银。

留美子想，阿银终于接纳了我们，把我们当作真正的家人了。

但是，阿银真正跟林家亲密起来，还需要一些

阿银

时间。

阿银虽然不再躲起来，但常常在房间里转来转去，半夜也经常发出尖厉的叫声。

留美子十分担心，每晚都与阿银睡在一起。一天，她发现，阿银像在寻找什么。

难道说，阿银在找勘平和小空吗？

“阿银……以后这里就是你的家了。我们都是你的家人，我们会一直一直跟你在一起的……”

留美子把阿银抱在怀里，对它说。

“阿银，放心吧，没事的……”

阿银没有反抗，在留美子怀里，一动不动地看着窗外。

然后它叫了一声“喵！”，从留美子怀里跳下来，跳到沾有勘平和小空气味的床上，睡着了。

从那天起，阿银就不再半夜叫了。

留美子想：“猫咪这种动物，或许比人类想象中更能读懂我们的心情呢。”

秋去冬来。

现在，阿银完全是一只爱撒娇的小猫咪，最喜欢趴在留美子的腿上。

每当看到阿银安心地趴在腿上，留美子的心里总是暖暖的。

留美子一边抚摸着阿银，一边看着墙上的日历。

“差不多该给阿银做手术了。”

留美子叫来了由希奈和直也，向他们解释准备给阿银做的绝育手术。

这也是当初领养阿银时，与长谷川女士的约定之一。

“由希奈，直也，你们还记得长谷川女士把阿银交给我们的时候，我们签订的合同吗？”

“是一张纸，写着一定好好照顾猫咪一生之类的，对吗？”直也抱着阿银说。

“所以按照领养合同，我们差不多要带阿银去做手术了。”

“阿银哪里不舒服吗？”直也吓了一跳，反问道。

“不是生病，是绝育手术。这是为了不让像阿银这样的流浪猫数量再增加，而必须做的手术。”

“公猫和母猫都可以做绝育手术。”

中学生由希奈一副很了解的样子，解释说。

“生小猫的不是母猫吗？那只要给母猫做绝育就好了。给阿银做手术的话，太可怜了！”

直也的疑惑，留美子也曾有过。

于是，留美子就把长谷川女士的解释，讲给直也听。

“如果不给阿银做绝育手术的话，阿银到发情期的时候，就会特别特别想找配偶，会变得十分焦躁吵闹。没有配偶对于阿银来说，是非常难过、非常痛苦的一件事。现在十分温顺乖巧的阿银，到发情期时，可能会变得狂躁易怒，甚至会在房间里到处撒尿，味道特别难闻。那时的阿银完全控制不了自己。”

直也陷入沉思：

“如果绝育手术能让阿银不必经历那种痛苦，可能也好……”

阿银

“但是，所有猫咪都绝育的话，猫咪不就灭绝了吗？”

由希奈十分担心地问道。

“依照现在的情况来看，猫咪肯定不会灭绝的。长谷川女士曾经告诉过我，现在全日本因为找不到领养人而不得不安乐死的猫咪，一年大概有多少只，你们猜猜看。”

直也在一旁，信心十足地举起了手。

“一百只左右？”

“不对，每年超过十万只！”

“十万只！”由希奈和直也惊呼。

“既然有这么多猫咪不得不安乐死，那么当务之急是不是要把猫咪数量降下来呢？阿银也是啊，如果不是长谷川女士救助它的话，它也有可能被安乐死……”

“不要！我绝对不要！”直也抱紧阿银。

“你也不希望阿银被安乐死，对吧？但是据说，一只母猫一年能生将近二十只小猫。如果让它们无限制地繁殖下去，会怎么样？”

“把它们全养起来就好了。”直也不假思索地说。

“直也，是每年都要增加二十只哦！你还记得我们决定要养阿银这一只猫的时候，花了多长时间商量和准备吗？”

由希奈和直也陷入了沉默。

家里如果每年增加二十只猫的话——

“所以，限制猫咪的数量增长，其实是在保护猫咪。”

直也十分担忧地看着留美子。

“做手术的话，阿银不会疼吧？”

“宠物医生会给阿银打麻醉，所以它不会疼的。”

最终，直也被说服了。

手术当天，是留美子、由希奈和直也三个人陪着阿银一起去的。

三个人在等候室里忐忑不安，留美子一边对直也说着“没事的”，一边自己却也静不下心来。

手术比想象的要快，大概不到三十分钟，阿银就从手术室里出来了。

“阿银的手术很成功，今天先住在这里观察一晚，明天就可以回家了。”

年轻的宠物医生摘下口罩，笑着对留美子他们说。

回家路上，由希奈轻声说：

“这样，可怜的流浪猫的数量，稍微减少了一点吧！”

留美子心里也这么想。

“是啊，阿银也很努力了呢！”

之后，阿银就像完全忘记了手术这回事，健康活泼地长大了。

现在阿银四岁，体重有六千克，是一只精神健硕的成年猫咪了。

刚来时帮助阿银熟悉环境的小床对它来说已经很小了，比起那个小床，它更喜欢睡在留美子的被子里。半夜大叫，到处徘徊，似乎都是很久之前的事情了。

留美子一家开始吃晚饭时，阿银也慢悠悠地大口大口地吃起自己的食物。

“阿银也一起吃呢！”

由希奈和直也一边看着阿银，一边吃饭。

晚饭后，全家人各自休息。

阿银在客厅里悠闲地踱来踱去。

当初直也买的装饰着蜻蜓的逗猫棒已经重新买了好多根。只要直也朝阿银挥动逗猫棒，阿银马上就兴致勃勃地玩起来。

总是直也先玩累了，放下逗猫棒。然后阿银就像在说“直也真无趣，玩了一会儿就不玩了”一样，慢悠悠地穿过客厅，跳到由希奈正在看的时尚杂志上。

“哎呀，阿银！杂志被你踩得乱七八糟啦！”

由希奈抱起重重的阿银，放到躺在沙发上看电视的雅昭旁边。

“阿银，你来看电视啦？正好是你喜欢的花样滑冰哦！”

阿银不看雅昭，也不看电视，悠闲自在地梳理毛发。

留美子微笑着看着这和谐温馨的画面，心想：

“完全无法想象，没有阿银的生活会是什么样子。阿银来家里之前，我们都是怎么过的？”

“对了，直也。我刚刚看到玄关的鱼缸里，有条鱼跳出来了。你看到了吗？”

“啊，鱼？”

直也话音刚落，阿银的耳朵一下子竖起来。

阿银竖起尾巴，从雅昭腿上跳下去，“喵”地骄傲地叫了一声。

“难道是……阿银？”

伴随着全家人异口同声的疑问，阿银再次

阿银

“喵”地叫了一声。

养鱼的雅昭双手抱头，高呼可惜。

直也一边叫着“阿银好棒啊！”，一边摸摸阿银的脸颊。

“阿银不只是家庭的‘一员’，应该说是我们家的‘中心’啊……”

正在留美子这样想的时候，阿银从直也手中挣脱，跳上柜顶。

然后，它又一次“喵”地骄傲地叫了一声。

2. 笑笑、露露和克拉拉

——改变命运的猫咪

现在，真由美常常被人叫作“爱猫的冈田太太”，实际上，曾经的真由美非常怕猫。

真由美从小没有养过任何动物，对她来说，不会说话的动物有些可怕。

但现在，真由美不仅养了露露和克拉拉两只猫，外出购物时，还会照顾附近的流浪猫。

就连真由美自己也从未想象过现在的生活。

一天，女儿美久捡到一只小猫。从那天起，真由美的生活就发生了翻天覆地的变化。

那天，大雨滂沱。

正值10月下旬，冰冷的秋雨下了一整天。

当时上小学五年级的美久，抱着一个潮湿的纸箱回到家。

“妈妈，我们可以养这只小猫吗？”

美久站在玄关，一副快要哭出来的表情。

纸箱里是一只白底黑花的小猫，大概只有美久的手掌那么大。

“我在公园里找到的，纸箱放在秋千旁边的树下。小猫才这么小，这样下去会死掉的……”

小猫越看越觉得瘦小，已经被冰冷的秋雨淋得湿透了。

“妈妈……”

真由美不知该如何回答。

家里是不能养猫的，不，是不想养猫。

好不容易住进新盖的房子里，真由美可不想家里被猫抓得一塌糊涂。

即便如此，也不可能冷冰冰地说“不行，丢回公园去！”。

“妈妈……可以吗？”

考虑了一会儿，最终，真由美提出了一个折中的方案：

“我们家里是不能养猫的，但我们可以帮它找一个新主人。这样可以吗，美久？”

“我们不能把它养在家里吗？”

“不行。”

“如果爸爸同意的话，可以吗？”

美久搬出爸爸真一郎做救兵，因为真一郎小时候养过猫，似乎很喜欢猫。

果不其然，深夜下班回家的真一郎，见到毛巾包裹着仍旧瑟瑟发抖的小猫，便对真由美说：

“我双手赞成，我们不能养吗？”

“但是亲爱的，谁来照顾小猫呢？”

真一郎支支吾吾，含糊其词。

美久已经睡了，真一郎明天一早还要上班，今晚自然不能照顾小猫。

结果，只能由怕猫的真由美来照顾。

真由美问过真一郎之后，急忙赶到夜间营业的超市买幼猫奶粉。她原本都不知道，还有专为幼猫提供的奶粉呢。

回家后，真由美把奶粉冲好倒在小碟子里，放在小猫的面前。

但是小猫实在是太小了，还不会自己从小碟子中喝牛奶。

没办法，真由美只能用自己的手指蘸点牛奶，伸到小猫的嘴边。

小猫吮吸真由美的手指，喝到了牛奶。

但是这样喝起来太慢了，真由美一整夜都在喂小猫喝奶，她几乎不记得自己是什么时候睡着的。

“早上好，妈妈。哇！小猫的精神看起来好多了！”

第二天早上，真由美一边打着哈欠，一边照顾真一郎和美久出门。全部忙完之后，她去查看小猫的状况。

看来，熬夜喂奶还是有效果的，小猫看起来状态好多了，安详平稳地睡着。

“真好……”

真由美的脸上不自觉地浮现出了笑容。

小猫偶尔抽动一下，然后继续安稳地睡着。

“好可爱……”

这个词语情不自禁地浮上心头，真由美暗暗吃惊。

真由美拿出手机，拍下熟睡中的小猫，发给正在上班的真一郎。

“我在想，我们收养它也可以吧？”

午休时间一到，就立刻收到了真一郎的回复：

“我同意！！”

信息后面还附着一个猫咪的表情，真由美看到后笑了起来。

这不是一时心血来潮的决定。

昨夜给猫咪喂奶时，这种心情就从心底涌了上来。

那是与过去给婴儿时代的美久喂奶时一样的心情。

真由美想，想要守护生命的心情，无论是守护人的生命，还是猫咪的生命，都是一样的呢！

突然，真由美又想道：“猫咪，是不是自己选择好了作为家人的人类，然后降临到世间的呢？”

“你选择了我做你的妈妈，对吗？”

真由美轻轻地抚摸着小猫的头，说：

“既然你选择我做你的妈妈，我一定会努力让你幸福的!”

傍晚，美久放学后气喘吁吁地跑回家。

听妈妈说决定收养小猫的事情后，美久跳起来大叫：“太好啦!”

眼看着小猫一天比一天精神，给大家带来了许多欢笑，于是就给它取名叫笑笑。

笑笑就成了美久的弟弟，真一郎和真由美的儿子。

真由美向朋友们说起笑笑时，甚至说：“这是我们家的长喵（长子）。”

曾经那么害怕猫咪的真由美，与之前判若

笑笑

两人。

因为笑笑跟真由美最亲密，美久有时会噘着嘴说：“真好啊，妈妈。笑笑最黏你了。”

笑笑来到家里一年后，美久又多了个相差几岁的妹妹，名叫比奈。

比奈出生后，真由美暂时不让笑笑进入比奈的房间，以防发生意外事故或者猫咪过敏之类的问题。

但是，笑笑什么都不懂，只想跟真由美待在一起。所以只要真由美进入比奈的房间，笑笑就会用爪子挠门，想把门撬开。

最终，真由美投降了，也不管什么意外情况，与比奈和笑笑两人一猫，一起睡在床上。

笑笑仿佛看透了真由美的心思，只是安静地睡在宝宝比奈身边。真由美所担心的意外情况，看起来完全不会发生。

“猫咪比人类更会察言观色呢！我们人类对猫咪的真实力量真是一无所知啊！”

笑笑

看着笑笑在比奈旁边安安静静睡觉的样子，真一郎感慨道。

“猫咪真正的力量之一，不就是让我这种人都爱上了猫咪嘛！”

真由美开玩笑说，真一郎哈哈大笑。

“是啊，你现在甚至每天都要巡视附近的流浪猫呢！”

自从养猫之后，完全喜欢上猫咪的真由美，只要一有时间，就会巡视小区附近的流浪猫。

真由美只是趁着出门买东西时，顺便巡视一下猫咪。但附近还有一群得到市政府批准的、专门从事社区猫咪服务的志愿者。

所谓社区猫咪是指在社区的一定范围内活动、受到大家照顾的流浪猫。

社区猫咪服务的志愿者与偶尔给流浪猫喂食、时常遭到附近居民投诉的人不同，他们是遵照社区制定的规则进行志愿活动的。

他们会定时、定点、定量地给附近社区的猫咪投喂食物。

他们还在公园里设置了专门的猫咪公厕，并定期清理粪便。

此外，为了控制流浪猫的数量，会给成年猫咪做绝育手术。

手术费用的大部分，来自参加社区猫咪服务志愿者的集资。

真由美尚不属于这些志愿组织，只是带比奈出门遛弯时，顺便巡视一下有没有像笑笑那样的流浪猫，以及还未绝育的流浪猫。

真由美想，哪怕起到一点作用也好，只要能减少一些不幸的流浪猫……

猫咪是否做过绝育手术，远远地看一眼就能分辨。做过手术的猫咪，耳朵尖上会有一个“V”字缺口。

真由美刚开始巡视猫咪时，曾经问过志愿者：“被剪掉一块耳朵，猫咪会不会很可怜？”

“千辛万苦抓到猫咪，剖开肚子做绝育，才叫可怜呢！而且，剪耳朵时，麻醉药效还没过，剪好马上止血。所以，猫咪不会像人们担心的那么疼的。”

在志愿者的热心帮助下，真由美所在的社区里，几乎从未见过像笑笑那样的流浪猫。

真由美在附近看到的流浪猫，耳朵上基本都有记号。

能够把猫咪养在自己家里当然最好了，即便不能全部养起来，至少让它们在社区内幸福自由地生活，不被附近的人们讨厌，幸福快乐地过完一生……

自从笑笑来到家里之后，真由美完全被猫咪吸引了，甚至开始关注和照看附近的流浪猫。

盂兰盆节过后，8月快要结束的时候，天气依旧炎热，真由美像往常一样，推着婴儿车里的比奈散步，顺便巡视猫咪。

正值暑假，所以姐姐美久也一起散步。

进入公园，蝉声格外响亮，它们仿佛用尽最后的力气在鸣叫。

“啊！”美久突然大叫。

顺着美久指的方向看去，公园草木茂密的地方，有一只脏兮兮的小猫正摇摇晃晃地走过来。

小猫骨瘦如柴，眼皮上沾满眼屎，像被黏合剂粘住了一样。

“喵……喵……”

可能是被乌鸦之类的动物攻击过，小猫从耳朵到后背上有一些血迹。

“美久，看着妹妹。”

真由美把婴儿车交给美久，连忙朝小猫跑去。

眼睛被眼屎糊住的小猫，完全没有反抗，趴在真由美的手里。

“妈妈，小猫没事吧？”

美久满眼忧虑地看着真由美。

与笑笑当时的情况一样，真由美想：

“这只小猫和笑笑一样，选择了我们，出现在我们面前了。”

真由美她们赶紧回家了。

真由美轻轻地抱着小猫，美久则推着婴儿车。

“美久，我们给它取什么名字呢？”

真由美话音刚落，美久的表情一下子明朗起来。

又来了一只猫咪，又多了一个家庭成员！

“我们就叫它露露吧！”

“好的，就叫露露！”

洗掉血迹之后，露露是白色的，只有耳朵和眼睛附近的毛是黑色的，是一只“八分脸”猫咪。它和笑笑长得很像，看起来就像兄妹一样。

对于突然到来的小客人，笑笑似乎吓了一跳。

笑笑仿佛恐吓小露露一般，竖起尾巴，逃到房间角落，警惕地看着小猫。

“可能笑笑没把自己当成猫，它以为自己也是人类呢，所以看到猫反而害怕了。”

看着背上的毛依旧蓬起，好像气鼓鼓的笑笑，下班回家的真一郎说。

“我们也把笑笑当作人来看待呢。”真由美笑着回答。

两周过后，笑笑似乎接纳了露露，渐渐地靠近露露，变得亲密起来。

真由美曾担心露露的眼屎和它身上的伤，也都在宠物医院的治疗下，完全恢复了。

恢复健康的露露，似乎也恢复了原本顽皮淘气的性格。

偷偷伸出猫爪打一下哥哥笑笑，妹妹露露立刻迈着小短腿“哒哒哒”地逃走，费了好大力气终于爬上猫爬架，一副扬扬得意的样子。

这时，笑笑非常有大哥哥的样子，在地板上悠闲地抬头看着露露。

不一会儿，真由美再看时，两只猫咪头靠在一起，团成一团睡着了。“好平静啊。”真由美心想。

想象接下来与两只猫咪在一起的生活，真由美感到更加幸福。

在一个秋高气爽的平静午后，笑笑突然毫无征兆地口吐鲜血，倒在地上。

真由美脸都吓白了，慌忙把笑笑送到宠物医院——笑笑从小就在这家医院接种疫苗和定期体检。

笑笑在第一次体检时，医生就说它的肝脏不太好。

所以，真由美听从医生的建议，在选择食物方面十分谨慎。

但是，由于露露来了，真由美就忽视了笑笑的身体变化。在笑笑吐血之前，真由美甚至没有发觉笑笑有什么异常……

真由美陷入深深的自责，熟识的宠物医生温柔地说：

“对笑笑来说，比起医院，还是待在自己家里更安心。所以今晚还是带它回家吧。”

真由美擦着眼泪，把成熟稳重的笑笑放进猫咪背包，回家了。

“笑笑，怎么了？”

放学回家的美久发现，真由美情绪不对地看着蜷在坐垫上的笑笑。

小露露似乎也觉察到了异样，坐立不安地在真由美身边徘徊，却不靠近笑笑。

“对不起，笑笑。我都没注意到……你很难受吧？”

当晚，真由美和笑笑跟往常一样睡在一起。

笑笑

真由美看着笑笑那圆溜溜的大眼睛。

“笑笑，你想说什么？什么都可以，跟我说吧……”

笑笑的眼皮，缓缓地合上了。

从那以后，笑笑的眼睛再也没有睁开。

真由美一直都误会了。

她原以为是他们救助了猫咪。

实际上，他们却是被猫咪拯救了。

真由美呆呆地看着笑笑的照片出神，照片中的笑笑一脸幸福地熟睡着：

“有可能笑笑知道自己时日无多，怕我们伤心，所以悄悄安排了与露露的交接。

“也可能只是偶然吧。但是，我们捡到露露才过了两个月，笑笑还不满两岁，居然就去了天堂……”

无聊的露露轻巧地走到真由美身边，轻咬真由美的手，好像在说：“来玩吧，我们一起玩吧！”

笑笑跟小宝宝比奈关系很好，露露却不擅长跟比奈相处。

最近，比奈喜欢追着露露，露露却总是逃开。

“露露，笑笑不在了，你也觉得孤单，是吧？”

笑笑的葬礼过后，陪露露玩的一般是美久和真一郎。真由美时隔许久，拿起了顶端装饰小毛球的逗猫棒。这当初也是给笑笑买的，以前只要是笑笑喜欢的，都会买给它。

露露快三个月了，正是爱玩的年纪。

从前一直是笑笑陪露露玩耍，现在露露可能也想念它的伙伴了吧……

当晚，真由美跟下班回家的真一郎商量：

“老公，我们再养一只猫吧。”

真一郎瞪大眼睛。

想到之前笑笑的葬礼上，真由美失声痛哭的样子，真一郎原以为她会说“我再也不要养猫了”之类的话。

“当然可以，只要你想养，我们就养吧。天堂的笑笑，也一定会高兴的。”

第二天，真由美向美久说了自己的想法，美久高兴地拍手。

“最近，我的朋友在宠物店买了一只猫，还给我看了照片呢。但我还是想养流浪猫，就像笑笑和露露那样的。”

真由美当然赞成，心想：

“哪怕一只也好，只要看到无家可归的流浪猫，我们就会把它带回家。”

晚上，真一郎回家之后，三个人一起商量。

“对了，宠物医院的公告栏里，一直贴着《猫咪领养招募》的通知呢。我们去查一查吧！”

说着，真一郎拿出电脑，在网站搜索栏输入“猫咪”“领养招募”，点击搜索。

立刻，许多猫咪领养网站跳了出来，里面展示了大量等待被人领养的猫咪照片。

“哇，这么多！”美久惊呼。

数量比想象中多得多，这一个网站里就有三千多只猫咪正在等待新主人。

“母猫，白色，五个月大。在废纸箱里捡到。”

千叶县A市
母猫　橘白　三个月左右
背景：
从中心救助出来。

送养人：长谷川女士

“公猫，狸花，六岁。原主人年迈去世，现寻找新主人。”

“母猫，灰色长毛，三岁。因工作调换，现在的房子不能养猫……”

等待新主人的猫咪，有着各种各样的原因。

美久指着其中一篇配有小猫照片的文章。

“这个，‘从中心救助出来’是什么意思？”

雅昭飞快地敲击键盘，搜索信息。

“可能是动物收容中心之类的，收容被人丢弃的流浪猫或流浪狗的场所。”

“收容以后呢？”

“有的像这张照片中

的猫咪一样，从收容中心救助出来，要为它们寻找新主人，但是大部分的动物找不到领养人，只能被‘安乐死’处理掉了……”

真由美和美久都愣住了。

“那笑笑和露露如果没来我们家的话，也可能会被处理掉吗？”

美久声音颤抖，带着哭腔。

“可能吧……”

真一郎、真由美和美久三个人，怔怔地看着那只从收容中心救助出来的猫咪的照片。

那只三个月大的猫咪，睁着圆溜溜的大眼睛，好像也在看着他们。

“这只猫与露露差不多大，也都是‘女孩子’，我们就选这只猫吧！”

听了美久的话，真由美和真一郎一起点头。

网上写着，小猫的名字叫作“克拉拉”。

把克拉拉从收容中心救助出来的长谷川女士，就住在真由美他们邻近的城市。

真由美和真一郎给长谷川女士发送了邮件。邮件中，真由美写下了笑笑的去世，现在养的露露，以及在笑笑的影响下他们甚至巡视照顾附近流浪猫的事情。

很快，他们就收到了长谷川女士的回信。

回答完长谷川女士长长的问卷后，真由美和真一郎一家就去拜访志愿者长谷川深雪女士。

站在玄关迎接的长谷川女士身材高挑，虽然在自己家里，却穿着精心搭配的连衣裙，气质宛如名门望族的大小姐。

真由美仅凭长谷川女士温和善良的笑容，就从心底对她产生了信赖。

真由美一家四口刚站到门口，小猫克拉拉就躲到了房间角落里，之后一个小时都没有出来。

"它有点胆小，但是熟悉之后，特别爱撒娇。"

美久在房间里转来转去，目光完全被长谷川女士养的四只猫吸引住了。

长谷川女士看出真由美有些紧张，便为他们倒茶，介绍自己养的四只猫，并询问笑笑和露露的故事，以此打开话题。

在这种随意的闲谈中，长谷川女士问出了真由美一家对于养猫这件事的想法。

“你们已经养过两只猫了，我想应该没什么问题。就像我刚刚说的，请你们把克拉拉养在家里。”

长谷川女士提出了一个要求，就是一定要把克拉拉养在室内。

如果猫咪到外面，可能会发生交通事故、误食有害食物、与其他猫咪争夺地盘等危险。

猫咪与人类不同，只要有安全的食物和生存环境，以及可以爬上爬下的游戏场所，家里的活动空间就足够了。

“你们现在养的露露，刚刚来到家里时就是跟笑笑一起生活的，所以再有新来的猫咪也不会特别不习惯。有的猫咪从一开始家里只有自己，突然又来一只猫，会觉得很有压力。”

真由美和真一郎十分吃惊。

这样说来，当初露露的突然到来，对笑笑来说，是非常困惑的事情呢。他们现在才意识到这一点。

但是笑笑很快就接纳了露露。

“长谷川女士，听说克拉拉是从收容中心救助出来的……”

真由美此前有些在意，于是在网上查找了一些动物收容中心的资料。

但是，“动物保护”“领养”“狂犬病防治”等词语，听是听到过，具体内容却不太清楚。

“是的。除了克拉拉，我还从中心带回了两只猫。另外两只都已经找到领养人了。”

“如果长谷川女士没有把它们带出来的话，克拉拉它们会……”

“有可能会被安乐死吧。”

坐在真由美旁边的美久，身体僵住了。

真由美也张大嘴巴，怔住了。

“那时，中心里还有其他的猫咪吗？”

“嗯，猫咪数量特别多，因为猫咪繁殖能力很强。多的时候，中心里甚至有近百只猫咪。”

近百只……

真由美和真一郎，不由得看向长谷川养的四只猫，它们原本也是流浪猫。

“我平时会救助附近的流浪猫。但是，有时没有捡到猫咪，自己也忙得过来的话，就去收容中心收留猫咪。”

“那……救助的标准是什么呢？”

真一郎犹豫好久，终于提出了一个疑问。

“我不做选择。我只是按照它们进入收容中心的时间，按先后顺序救助。年龄小、长得可爱的猫咪更容易找到领养，但我不会对它们做出选择。”

原本温柔和善的长谷川女士，一提到猫咪的事情，就像一下子被点燃了火焰一般，认真的眼神把真由美和真一郎完全震慑住了。

最终，真由美和真一郎作为克拉拉的新主人得到了认可。

拜访长谷川女士的一周后，长谷川女士带着克拉拉来到冈田家的公寓。

一家三口，加上蹒跚学步的比奈，出门迎接长谷川。

“克拉拉，从今天开始，这就是你的家了。”

长谷川女士一打开猫咪背包的出口，克拉拉就一下子蹿出来。

同一瞬间，露露“唰”的一下躲进窗帘后面。

与笑笑当年第一次见到露露时的反应一模一样。

真由美一家这一周已经准备好了克拉拉专用的小床、厕所，甚至还有吊床。

长谷川女士看到阳台的窗边装有三层的防护栏，也是吃了一惊。

猫咪喜欢向外看，但那不代表它想出门，它们只是喜欢在安全的家里看风景而已。

真由美他们知道猫咪的这一习性，所以为了方便它们看到窗外的景色，特意装上了巨大的护栏。

长谷川女士对真由美一家赞不绝口：“你们是真的爱猫！”真由美和真一郎有些开心，又有些不好意思。

开始有些不安的克拉拉终于跳上真一郎的腿，露露也从窗帘后面小心翼翼地出来，这时长谷川女士就准备告辞了。

“长谷川女士，您一直像这样亲自把猫咪送到领养人家里吗？”

长谷川女士出门前，抱着克拉拉的真一郎问。

这个问题，真由美也十分在意。

之前去长谷川女士家里拜访时，顺便把克拉拉带回来就好了，长谷川女士没必要特意开车过来再跑一趟啊。

“嗯，像我这样的志愿者大部分都会亲自来送。因为要亲眼确认猫咪未来的生活环境，这也是为了避免领养欺诈。”

“领养欺诈……”

长谷川女士说出了一个十分陌生的词语。

“领养欺诈是什么？”

“从前，我救助的小猫，曾因为我的疏忽而去世了。”

长谷川女士脸上的笑容第一次消失了。

虽然十分在意究竟发生了什么事，但又不好开口细问。真由美和真一郎不由得陷入沉默，这个话题也就匆匆结束了。

“那么，等克拉拉六个月大时，别忘了带它去做绝育手术。也请时常通过邮件告知我克拉拉的近况。”

“一定！”

听到真由美夫妇的回答，长谷川女士笑着回去了。

长谷川女士准备回去时，露露还黏在她的脚边，不想让她走呢。

看来猫咪也知道长谷川女士是什么样的人。

真由美想：“我们是从一个非常善良的女士手里，得到了克拉拉……”

“喵！”

一瞬间，真由美仿佛听到了笑笑的叫声。

“笑笑，谢谢你，从你来到我们家的那天起，一切都变了。”

日子一天天过去，露露和克拉拉比真由美想象中的还要亲密。

起初，主动示好的是姐姐露露。

某天，露露来到克拉拉面前，仰面躺下露出肚皮，做出投降的姿势，这成了它们关系亲密的契机。

相互敞开心扉之后，两只猫咪就越来越亲密了。

安静祥和的午后，两只猫咪总是把头靠在一起，缩成一团熟睡，真由美把这种睡姿命名为：“猫咪团子”。

正如长谷川女士所说，克拉拉有点胆小，但是熟悉后就特别爱撒娇。

即便是在两岁的比奈面前，它也要露出肚皮，在地上打滚撒娇。

不像露露，只要比奈稍微接近，它就竖起尾巴

克拉拉

露露

逃开了。

真由美把克拉拉和露露的照片通过邮件，发给长谷川女士，立刻收到了她的回复：

非常感谢您发来的照片。看起来，克拉拉已经完全成为冈田家的一分子了，我也十分开心。

现在我正在给新的猫咪寻找领养呢。

希望能够把它们送到像你们家一样的、真正爱猫的家庭中去。

长谷川女士真的很厉害，真由美从心底里感到敬佩。

有很多人“喜欢猫”，但真正能做到长谷川女士这种程度的人，就很少了。

真由美看着长谷川女士的回复，思考了一会儿，回信说：

您为什么为了猫咪，可以做到这种程度呢？

长谷川女士的回复依旧很快就到了：

应该是我被猫咪施了魔法吧！

“被猫咪施了魔法……”

这句话在真由美的心中久久回响。

她看着熟睡中的露露和克拉拉，它们的耳朵不时抽动。

“我大概也被猫咪施了魔法吧……”

露露　　　　克拉拉

3. 向日和薄荷

——猫咪的价值，生命的价值

洼田佐知子有两个孩子，结婚之前，她娘家一直养猫。

丈夫雅幸家里也养了猫。

两人终于买下自己的房子时，一同感叹：“这下终于可以养猫了！”

佐知子带着两个孩子出去买东西时，顺便去了宠物店。

宠物店展示柜里的猫咪都十分可爱。

毛长长的、毛茸茸的玩偶一般的“喜马拉雅猫”；脸小小的、耳朵立着、脖子一圈毛茸茸的“索马里猫”；蓝色的眼眸闪着神秘的光芒、高挑纤长的“暹罗猫”；每一只都有血统证书，都是十分优雅美丽的猫咪。

“好可爱啊！”

小学二年级的儿子修也把脸贴在玻璃柜子上说。

上幼儿园的妹妹诗织，也模仿哥哥的样子说：

“好可爱啊！”

“好想要！”

“好想要！”

孩子们也很喜欢猫。

玻璃柜上贴着“春季特惠！欲购从速！”的醒目贴纸。

“趁着打折，下个周末就跟丈夫雅幸一起来看看吧。”

想到可爱的小猫来到家里，开启新的生活，佐知子的心里雀跃不已。

正在全家人翘首以盼、准备去宠物店买猫的时候，一天，修也放学回家，喘着粗气，急切地跟佐知子说：

“妈妈，妈妈，俊介捡到了两只小猫，在公园里。”

俊介是修也的同班同学，住在附近，佐知子和俊介的妈妈也很熟悉。

俊介全家都很喜欢小动物。

小狗、小猫、小兔子……俊介家里养了各种各样的小动物，每次修也去俊介家玩，回家后都一脸羡慕地跟家人讲小动物的事。

“俊介要养这些猫咪吗？”

听修也说，俊介捡到小猫后，就毫不犹豫地带回家了。

他们家已经有那么多小动物了。

可能他妈妈会说：“我们家里动物太多了，不能再养了。”

想到这里，佐知子突然对那两只小猫产生了兴趣。

“修也，你带我去看看那两只小猫吧！”

“嗯，好的！走吧，走吧！”

妹妹诗织也在后面学着说：

“走吧，走吧！”

不一会儿，三个人来到俊介家。俊介娴熟地从篮子里捧起一个小家伙，给佐知子他们看。

“哎？这是……小猫？”

看到俊介手里的小家伙，佐知子吓了一跳。她印象里的小猫都是宠物店里毛绒玩具的样子，可眼前的这只小猫跟老鼠差不多大。

小猫的眼睛还没睁开，耳朵耷拉着，非常非常小，正好躺在俊介手掌上，安详地睡着。

另一只小猫在篮子里，不时地蠕动着。

“春天正是小猫出生的季节，所以这两只小猫，大概刚出生就被遗弃了吧。”

俊介的妈妈在一旁说。

果然俊介一家都对动物十分了解呢。小猫的篮子里垫了毛巾，布置成小猫睡觉的床铺。

俊介把小猫轻轻放回到篮子里。两只小猫完全不知道自己被遗弃了，香甜地睡着。

“这两只小猫怎么办呢？”

佐知子问俊介妈妈。

“怎么办呢？我们家有猫有狗，实在没地方

养了。”

“如果你们不能养的话，可以给我们一只吗？”

脱口而出的话，把佐知子自己也吓了一跳。

那一刻，宠物店里有血统证书的那些可爱猫咪，仿佛从她的脑海中消失了。

血统根本无所谓。

如果没人养这些小猫，我来养吧！

起初，俊介妈妈也被佐知子热情的话吓了一跳，但是她立刻点头说：

“好啊，洼田太太，你们家现在已经可以养猫了对吧？等你丈夫下班回来，你们商量一下吧！”

一旁，修也和诗织兴奋地拍手：

“太好啦！我们家有猫啦，有猫啦！”

晚上，丈夫雅幸下班回家，三个人马上向他说明了这件事。

雅幸本来对猫咪品种也不在意。

“这样很好啊！那我们也一定要谢谢救助了小猫的俊介呢！”

修也和诗织兴奋得不得了，在房间里边跑边叫：

“有猫啦！我们家有猫啦！”

“猫咪不是玩具，一定要好好地照顾它哦。”

修也和诗织完全沉浸在兴奋情绪里，这些话一点也没听进去。

没办法，只有等到猫咪来了以后，再一点点教他们了。

雅幸和佐知子马上着手准备小猫所需的东西。

这时，佐知子的手机响了。

“喂！啊，你好，俊介妈妈。之前多谢了！……哎？这样啊……”

佐知子的声音渐渐地弱下去。

“怎么了？”佐知子挂掉电话，雅幸问。

“俊介家决定养这两只小猫了。”

“啊？那小猫来不了了吗？”

修也和诗织几乎要哭出来了。

之前满脑子都是迎接猫咪的兴奋，现在突然被泼了一盆冷水，佐知子也想哭了。

不愧是喜欢动物的一家人啊。

俊介全家越看小猫越喜欢，因为俊介爸爸的一句话“反正家里这么多动物了，再多两只也没什么不一样”，就决定都养了。

两个孩子一下子没了精神。

佐知子也说不出话，呆呆地坐着。

但是现在也不想去宠物店买猫了。

有的猫咪在宠物店里明码标价，也有的猫咪被人遗弃，自生自灭。

“是不是也有其他猫咪被人遗弃，无人领养呢？”雅幸突然想道，“其他猫咪在哪里呢？”

“我也不知道啊，但是我们上网找找，说不定网上也有人给猫咪找领养呢？”

雅幸的情绪也不比两个孩子好多少。

想到这里，雅幸立刻打开电脑。

先输入“流浪猫”，搜索一下试试。

瞬间跳出了许多网页。

一下子找到好几个猫咪领养的网站，许多救助猫咪的志愿者在网上发布领养信息呢。

“居然有这么多猫咪无处可去……”

比想象中多得多，大量猫咪的照片映入眼帘。

寻找领养人的理由也是五花八门。

有像俊介家的猫咪那样被人遗弃的猫咪。

有原主人生病，无法继续饲养，因此寻找新主人的猫咪。

也有被动物收容中心处理前，被救助出来的猫咪。

每一只猫都让佐知子想到在俊介家看到的小家伙，等待领养的猫咪都太可怜了。

夫妻二人不由得屏住呼吸，一个接一个地阅读领养信息，修也和诗织也从旁边伸着脖子看。

“哇！这只好可爱！”

突然，修也指着一张照片大喊起来：

“好可爱！”

诗织跳着，跟着修也一起喊。

千叶县A市
母猫　三花　一个月左右
背景：
在公园捡到，一窝四只。是个很活泼的『女孩子』。
送养人：长谷川女士

照片上是一只很小的三花猫。

“这只小猫跟俊介家的一样，也是被丢掉的吗？”

对于被遗弃的小猫，修也好像有了特别的感情。

“好像是被丢在公园里的，跟俊介家的小猫一样呢……”

再点进送养人长谷川女士的主页，可以看到她记录的救助日记。

佐知子和雅幸开始阅读长谷川女士的日记：

5 月 12 日。

在公园里捡到四只小猫，转眼一周过去了。

“哇！这张照片，跟俊介家的那只小猫好像！”

几天前的日记中，有他们刚刚救助猫咪时，眼睛还没睁开的小猫的照片。

佐知子也想到了俊介家里，睡在篮子里的两只小猫。

佐知子逐渐被文章吸引，一个接一个地读下去：

刚捡到时，小猫的体重大概是 220 克。

眼睛还没完全睁开，原本以为是出生十天左右，后来才知道，可能是因为感冒，眼睛被眼屎堵住，才睁不开的。

眼屎长时间不清理的话，很可能导致猫咪失明，幸好及时得到了救助！

现在已经可以喝牛奶了，体重也慢慢增加了。

俊介家救助了两只猫咪，而长谷川女士竟然一下子救助了四只猫咪呢！而且，从日记中了解到，除了这四只猫咪，她家里还养了四只猫，都是捡来的流浪猫。

“世上还有这样的人呢……”雅昭自言自语道。

结膜炎就快好了。

眼药水也可以不用滴了。

现在，四只猫咪的体重都超过300克。

只是，还没有便便呢……

猫咪宝宝还不会自己排便。

如果猫妈妈在的话，就能更好地照顾它们了。

所以我还要作为它们的妈妈，继续努力才行啊！

用沾了温水的纸巾刺激屁屁，或者用棉棒在屁屁上涂婴儿油……我尝试了各种方法，但都没什么效果。

再不排便的话，就要死掉了！

照顾猫咪宝宝，竟然要做到这种程度呢！

佐知子十分惊讶。

“我都不知道这些，就想从俊介家里把小猫带回来照顾……

“还是交给对动物很熟悉的俊介家来照顾比较好。”佐知子心想。

之后的一篇日记中，介绍了四只小猫。

修也看中的那只三花猫，叫作小鹿。

小鹿是一只三花母猫。

尾巴短短的，是很可爱的“Bobtail”！一定要更加用心！！

“Bobtail”是什么？

“Tail”是英语“尾巴”的意思，但是“一定要更加用心！！”又是什么意思？更加用心地做什么？

看完长谷川女士的日记，修也、诗织，甚至连雅幸，都对小鹿产生了浓厚的兴趣，想把小鹿带回家了。

佐知子马上给长谷川女士发邮件。

邮件里如实叙述了家里的情况：

“原本打算去宠物店买猫，后来儿子的朋友捡到小猫，以此为契机，我们决定领养代替购买……”

我们看到了您写的文章。您救助了四只小

猫并悉心照顾，令我们十分感动。我们想领养小鹿。

邮件的最后，佐知子写下了这段话。

第二天，佐知子就收到了长谷川女士礼貌的回复和长长的问卷。

遗弃只是一瞬间的事，但是救助，要付出百倍的时间和精力，有时还有金钱。请一定把这些道理告诉修也和诗织。

长谷川女士的邮件中写着这样的话。

“可怜的猫咪，就由人类来拯救吧！”

抱着这种念头救助猫咪，猫咪和人类都不会幸福的。

长谷川女士的这种想法，通过邮件一五一十地传递到佐知子和雅幸的心里。

修也和诗织对小猫的到来，感到异常兴奋。

但是，作为成年人，对于猫咪的到来，不仅只有喜悦，还有一份沉重的责任。

在长谷川女士发来的问卷上，佐知子和雅幸一个一个地认真写下了自己的回答。

佐知子一家的认真态度也通过邮件传达给了长谷川女士。

经过梅雨季的短暂休息，在一个舒适宜人的晴朗周末，佐知子收到了长谷川女士“请来看看小鹿”的邀请邮件，于是他们全家到长谷川女士家拜访。

长谷川女士家里收拾得非常整洁，虽然现在有八只猫，但是完全没有宠物的异味。

进入客厅，就看到了正在寻找领养的四只小猫。它们在一个一人多高的三层笼子里，可以在里面自由地活动玩耍。

四只小猫都比照片上看上去还要小，还要可爱。

修也和诗织绕着笼子转来转去，几乎把鼻子贴在笼子上了。

这些小猫旁边，长谷川女士养的四只成年猫，有的悠闲地走来走去，有的蜷缩成一团打着哈欠。

长谷川女士抱起了走到她脚边的黑白花纹的猫咪。

“它叫悠太，最喜欢别人看它了。每当有客人来，它就像这样到我身边来，要我介绍它呢。”

长谷川女士温柔地向他们介绍自己的猫咪，她本人比佐知子一家想象得还要温柔大方。

佐知子他们仅通过外观，也能够看出它们性格各异。

这时他们明白了为什么长谷川女士要他们来家里看看。

猫咪和人类之间也要看合不合得来。所以长谷川女士要求领养人亲自来看看，她是不会随便地把猫咪交给领养人的。

相互嬉戏打闹，你追我赶，四个兄弟姐妹就像四只小毛球，在笼子里上下翻滚。

佐知子看了一会儿扭在一起打闹的小猫，对旁边看得出神的雅幸说：

“孩子他爸，我们领养两只好不好？领养一只的话，它就要跟兄弟姐妹分开，太可怜了！”

“我也这样想！”

于是，两人跟长谷川女士商量。

“这样更好，有个玩伴，对小鹿来说也好。”

长谷川女士笑着回答。佐知子又抱歉地说：

“很抱歉，我们不能四只一起养……”

长谷川女士连忙摆摆手，说：

“不会不会，不要这样说。猫咪本来就是独居动物，即便只领养一只猫咪，它也能很好地融入人类的家庭。而且，说实话，给猫咪找好的领养家庭非常麻烦，你们一下子养两只，真的是帮我大忙了！”

听到长谷川女士这样说，佐知子有些不好意思。

她之前并不清楚流浪猫的现状，本打算在宠物店买猫呢。

“给猫咪找领养，真的非常麻烦吗？”

雅幸问长谷川女士。

“是啊。本来想要领养流浪猫的家庭就不多，而且我还要进一步筛选真正会对猫咪负责的家庭。”

“还需要筛选吗？”

“是的。之前的问卷、邮件内容，以及像现在这样邀请你们过来，亲眼观察你们对待猫咪的态度，都是筛选的过程。”

长谷川女士温和而沉静地看着佐知子和雅幸。

佐知子突然感到有些不安。

“我们通过筛选了吗？”

长谷川女士粲然一笑。

“当然通过了。之后也请你们教导修也和诗织，把猫咪作为家庭成员，好好照顾它们。”

“那是当然的，我们会的。”

雅幸和佐知子把手放在两个孩子肩上，点了点头。

长谷川女士也欣慰地笑着点头。

佐知子他们又选择了一只叫作小翼的公猫。

小鹿和小翼的尾巴都是短短的小毛球的样子。

“很少见的尾巴呢！”

听到雅幸的话，不知为何，长谷川女士的脸色

小翼　小鹿

突然一沉。

“这种短尾叫作‘Bobtail’，是日本猫咪独有的特征，在国外似乎很受欢迎。”

“Bobtail。”

长谷川女士的博客中也有“一定要更加用心！！”这样的表述。

“我帮助找领养的第一只猫咪就是这种短尾猫。但当时我选择的领养人不好，所以现在变得特别慎重。如果我之前有冒犯到你的地方，我很抱歉。”

长谷川女士的突然道歉，让佐知子夫妇更加惶恐。

“没有没有。能够得到长谷川女士的肯定，我们也松了一口气。”

猫咪领养的世界也有各种内情，他们心想：

“长谷川女士一定知道一些我们不了解的、关于猫咪的悲惨现实。”

“那么下个星期一，我把小鹿和小翼送到您家。在此之前，请你们做好迎接它们的准备。”

临走时，修也和诗织不住地向两只小猫挥手。

“这次我们家里真的要有猫来了！”

回家后，洼田一家马上召开家庭会议。

议题是两只小猫的名字。

两只小猫虽然暂时叫作小鹿和小翼，但是领养家庭可以自由决定，是沿用这个名字还是另取新名字。

佐知子和雅幸认为，接下来两只小猫就正式成为家庭成员，所以决定为它们取新名字。

“取什么名字好呢？”

修也歪着头：“什么好呢？”

一旁的诗织也学着哥哥的样子，歪着头说：“什么好呢？”

“就用我们院子里种的花的名字，怎么样？”

佐知子提议。诗织马上举手：“向日葵！”

“哦，诗织，很棒啊！”雅幸拍手赞成。

“但是‘向日葵’有点长，就叫‘向日’吧！”

“‘向日’也很可爱呢！你觉得‘向日’怎么样？”

“我也赞成！”

雅幸和诗织也都举双手赞成。

“哪一只叫‘向日’呢？”

“当然是‘女孩子’啦啦啦！”

修也边做鬼脸边说。

“好，那‘女孩子’就决定叫‘向日’了！‘男孩子’叫什么呢？”

“嗯，牵牛花？”诗织提议道。

“你的幼儿园里才有牵牛花吧，我们家院子里没有别的花了！”修也反驳说。

雅幸站起来，看向院子。

“我们院子里有的……对了，‘薄荷’怎么样？”

“‘薄荷’！‘薄荷’好！”修也和诗织兴奋地拍手。

“那男孩子就叫‘薄荷’，好吗？”

“好！”全票通过。

就这样，两只小猫有了新名字：“向日”和“薄荷”。

全家人马上着手准备迎接两只猫咪。

猫食盆，两个。

猫砂盆，两个。

为了保证两只猫咪的健康，需要时刻关注它们的食量和粪便情况。

所以最好为它们分别准备食盆和厕所。

两只小猫很调皮，所以还准备了玩耍用的猫爬架。

这还不够，雅幸、修也和诗织三个人还一起用纸箱做了一个“DIY 猫屋”，是猫咪专用的小房子。

终于，到了约定的星期一。

长谷川女士的车子刚到门口，修也和诗织就一

DIY 猫屋

脸得意地向她展示他们的“DIY 猫屋”。

“上面的这个猫脸是我画的！”

长谷川女士看到他们做好了迎接猫咪的万全准备，脸上笑开了花。

向日和薄荷刚刚从猫咪背包出来，来到客厅，有些不安地在房间里转来转去。

不一会儿，它们发现了“DIY 猫屋”，一溜烟地钻了进去。

“进去了！太好啦！”

修也和诗织欢呼雀跃，跳起来拍手大叫，突然，修也把手指放在嘴唇上，对诗织说：“嘘！”

然后，两人屏住呼吸，从猫屋的窗子里悄悄地看两只小猫在里面打闹的样子。

长谷川女士看着兄妹二人的样子，十分安心，站起来说：“那么，我就告辞了。”

“希望‘小空’和‘阿拉蕾’也能快点找到新主人啊！”

长谷川女士听到佐知子发自内心的话，站在玄关，看着他们一家，微笑着说：

“我也想，要是能快点给它们俩找到像你们一家这样的主人就好了！”

可能是因为一起领养了向日和薄荷，它们俩很快就熟悉了洼田家。

它们也非常喜欢修也和诗织他们做的猫屋，没过多久，猫屋就被它们玩得散架了。

它们也很喜欢猫爬架，特别是薄荷，它喜欢躺在猫爬架的最顶层睡觉。半个身子悬在空中，几乎要掉下去一样，睡姿非常奇怪。

佐知子每次看到它这样睡觉，都忍不住笑出声来，幸好它不会掉下来啊。

向日和薄荷都很喜欢在孩子们的床上睡觉。

早上，佐知子叫孩子们起床时，总会在修也的被子上发现睡得四脚朝天的向日。

修也抱怨自己的被子总是被猫抢走，于是佐知子给向日买了专用小被子。

但是，不知为何，可能修也的被子比较舒服吧，向日还是喜欢躺在修也的被子上。

“男孩子”薄荷最喜欢玩逗猫棒了。

猫咪们似乎只喜欢跟雅幸或佐知子一起玩逗猫棒。

薄荷　向日

雅幸把薄荷最喜欢的黄色逗猫棒放在了猫爬架上。

薄荷“蹭”的一下，灵巧地攀上猫爬架，一脸得意地叼回逗猫棒。

然后缠着雅幸，像是在说：“再来一次，再来一次嘛！”

简直像一条小狗！

但是淘气的薄荷好像很害怕吸尘器的声音。

因为有两只猫咪，掉下来的毛也是两倍，所以佐知子不得不经常清理猫毛。

只要打开吸尘器的开关，淘气的薄荷就会一下

向日　薄荷

子不见踪影。

大概是觉得害怕，躲到哪里了。

不过也正好，趁它躲起来，赶快打扫。

清扫结束后，薄荷就出现了，像在说“啊，这下没事了！”一样，继续在房间里跑来跑去。

女孩子向日跟其他猫咪不太一样，喜欢浴室。

当然，它也和其他猫咪一样，不喜欢被水沾湿身体，好像很喜欢澡堂里暖暖的、湿润的空气。

每当佐知子泡澡时，向日就在外面挠门，吵着要进来。

开门后，它就坐在浴室的椅子上，舒舒服服地打盹。

等到佐知子开始洗头发时，不想弄湿身体的向日就跑出去了。

然后，客厅就会传来修也的声音——

“啊，向日！不要打扰我写作业啦！”

听起来修也不是很生气，语气中甚至还有一些开心。

不知不觉间，全家人的生活中，到处都有向日

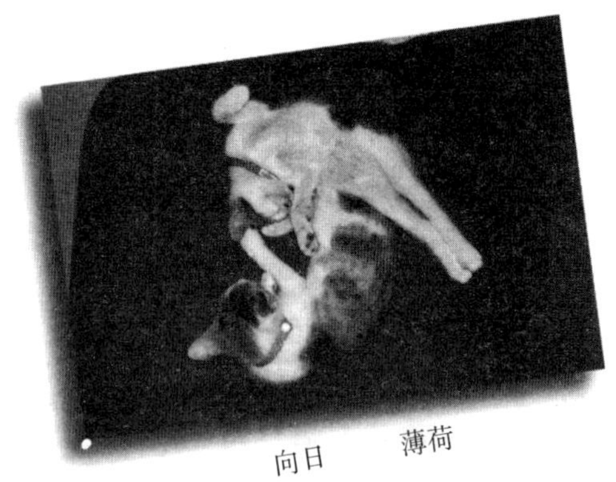

向日　　薄荷

和薄荷的身影。

这时，向日和薄荷来到洼田家差不多才半年吧。

两只小猫来到洼田家之后的一个冬天，已经成年的向日和薄荷都做了绝育手术。

这也是与长谷川女士的约定。

本来有些担心的修也和诗织，看到术前术后没什么变化、依旧活泼好动的两只猫咪，也就放心了。

佐知子和雅幸也因尽到了主人的职责而松了

口气。

之后，在圣诞节那天，长谷川女士带着向日和薄荷的兄弟小空来家里做客。

“女孩子”阿拉蕾在那之后很快找到了新主人，小空却迟迟没有找到合适的领养家庭。

“向日，薄荷，小空来了！”

听到佐知子叫它们，两只猫咪有点疑惑地走过来。

“小空。这是你的兄弟姐妹，向日和薄荷。”

长谷川女士打开猫咪背包，对里面说。背包里白底黑花的猫咪，“嗖”的一下窜出来。

之前窝在三层猫笼子里、小毛球一般的小空，现在也长得跟向日和薄荷差不多大了。

突然，薄荷朝小空“哈！”的一声，露出牙齿。

小空被吓了一跳，一下子跳到柜子上躲起来。

向日坐在佐知子的脚边，一动不动地盯着两只猫。

“看起来，向日和薄荷已经完全适应了洼田家的生活了呢！”

长谷川女士走进小空躲着的柜子，小空“喵”地叫了一声，钻了出来。

长谷川女士把小空抱下来，让它坐在沙发上。

“要是能快点帮小空找到新家就好了。”

佐知子把茶放在茶几上，在长谷川女士对面坐下来。

小空趴在长谷川女士的腿上，脸上露出“这下安心了”的表情。

“就在上个月，跟小空关系很好的‘阿银’去世了。那段时间，小空看上去有些寂寞，因为之前它们两个总是在一起玩……”

洼田家实在不能再养第三只猫了，佐知子有些心痛。

蹲在佐知子脚边的向日一下子跳到她腿上，朝小空瞥了一眼，像在对小空说：“这是我的座位哦！”。

“这种事情也要看缘分了。相信小空一定能找到好主人的，不要太担心。”

雅幸和诗织从厨房拿着零食盘走过来。盘子里是昨晚大家一起做的猫咪形状的饼干。

修也抱着薄荷走了过来。

“我们在厨房时，薄荷就在脚下转来转去，想讨东西吃。今天我看着你，不让你吃……啊！”

薄荷从修也怀中挣脱出来，逃到了猫爬架上。

薄荷在猫爬架的最顶层伸懒腰，好像在说：“哎呀，终于自由了！”

“薄荷总想吃我们的饭。”

“妈妈想出了很多应对办法。”

“比如把食物柜上锁，把烤鱼藏起来，等等。”

“向日总是打扰我写作业！”

洼田一家你一言我一语地争相向长谷川女士数落向日和薄荷的恶作剧。但听上去，不像发牢骚，倒像在炫耀自己家的可爱孩子一样。

长谷川女士对此心领神会，一边抚摸小空，一边微笑地听着。

猫跟狗不一样，随心所欲，不太听话。

但同样，上厕所之类的习惯，只要学会了，就不会忘记。

猫没有坏心眼，没有想要故意给人类找麻烦。

猫只是按照猫的方式活着。

即便猫不小心做了什么，给人添了麻烦，也只是小麻烦，花点时间解决就是了。

长谷川女士听说向日在修也的被子上睡觉的事，不禁笑出了声，她问道：

“小铲屎官，你把猫主子伺候好了吗？”

佐知子他们都哈哈大笑。

“伺候猫主子。”

的确是的。

“我们只要向日和薄荷健健康康地、快快乐乐地生活就够了。对吧，薄荷？”

佐知子看向薄荷，它正盯着修也手上的饼干呢。

“哥哥，薄荷它！”

“啊？哇！”

修也注意到了薄荷的目光，赶忙把饼干一口塞进嘴里。

修也被饼干噎得够呛，薄荷却优哉游哉地，好像在说：

“我又没有要抢咯！”

看着他们，大家再次哄堂大笑。

薄荷　　向日

4. 小太和尼尼，还有王子和优诺

——偶然的相遇

小猫小太不到半年就去了天堂。

年轻的高桥夫妇一树和阳子，对小猫的早夭还不太能接受。

他们把小猫用毛巾包裹，埋葬在一树老家院子里的一棵山茶树下。

庭院的角落还埋葬着金鱼、小龙虾、独角仙等一树从小养过的动物。

它们不久就会重回大地，变成土壤的养分，滋养植物，滋养昆虫，滋养鸟类，成为大自然的一部分。

生物总有一天会死的。

尽管心里明白，眼泪却止不住地落下来。

阳子回忆起小太刚来家里时的样子。

小太原本是一只流浪猫。

丈夫一树在送快递途中，经过一家工厂时，看到了两只无依无靠、踉踉跄跄的小猫，便把它们捡回家了。

两人并不打算养猫，只是准备在找到领养人之前，暂时照顾它们。

幸运的是，附近有人想要领养，一只小猫很快被送出去了。

喜欢动物的一树终于松了一口气。

“这两个小家伙，我靠近的时候也完全没想逃跑，一定很快会被好心人领养的吧。就那样在工厂徘徊的话，不知道会发生什么……幸好把它们救回来了。”

一树抱起剩下的一只灰色狸花猫。

小猫还很小，一树双手完全能包住的大小。

“我一定会马上给你找到好人家，让你幸福的！”

“喵！”

小猫睁着黑漆漆、圆溜溜的眼睛看着一树。

“我们在给它找到主人之前，就叫它小太吧！”

听到阳子的提议后，一树开心地笑了。

阳子从来没有养过小动物。

所以，一树刚刚带小猫回家那天，曾担心“阳子可能会害怕吧……”

不出所料，阳子吓了一跳。但不久，她就能小心翼翼地抚摸小猫了。

现在，阳子已经完全不怕了，就连打扫纸箱里的简易猫咪厕所，也可以帮一树来做。

阳子甚至给小猫取了名字，这让一树十分高兴。

在找到领养人之前，我们就负起责任好好照顾它吧。

两人这样想着，不知不觉几周就过去了。

突然有一天，小太的身体出现了异常，它的后腿突然无法直立，无力地拖在地上。

本想着可能是不小心碰到哪里了，先观察看看，但情况不仅没有好转，反而越来越严重了。

阳子带小太去了附近的宠物医院，此前她甚至没有注意到这里有家宠物医院。

一位身材健硕的男性宠物医生，通过触摸、拍片，对小太的后腿进行了各种检查。

但是看着检查结果，宠物医生先生也只是一个劲儿地摇头。

“看上去既没有受伤，也没有骨折。之前是在工厂附近捡到的，所以有可能是在工厂误喝了混有水银和金属的水。”

工厂的水……

阳子看着乖巧地趴在自己腿上的小太。

哪里的水安全，猫咪是不知道的。为了生存下去，即便是污染的水，它们也只能喝了，这样的话，那也有可能……

晚上，阳子对下班回家的一树转述了宠物医生的话。

小太在地板上，拖着后腿往前挪。

“这样的小猫，还会有人领养吗？”

一树把小太抱起来，看着它漆黑的眼睛。

“是啊……”

连宠物医生都不知道确切原因，自然也无法治疗。

小太之后会怎么样呢？

渐渐地，小太的两只后腿变得完全不能动了。

那时，一树和阳子彻底打消了给小太找新主人的念头。

身体残疾的猫咪，不能送给别人。

这样的念头自然也有，但越来越强烈的是“不放心把小太交到别人手上”的想法。

两个人都非常在意小太。

能保护小太的，只有他们自己了。

对没有孩子的年轻夫妇来说，小太就像他们的孩子一样。

虽然后腿不能动，但总有办法活下去。

只有在上厕所的时候需要阳子和一树的帮助，其他事情只要前腿健康，总有办法解决。

本应是这样的。

但是，这次轮到前腿开始发麻。

很快，小太的前腿变得僵硬，没过多久，前腿也完全不能动了。

“小太……小太……”

一段时间后，小太甚至无法站起来，只能躺着。

阳子在家附近打零工，每到休息时间，她就冲回家照顾小太。如果不勤翻身，小太会长褥疮的。

阳子深深觉得工作地点离家这么近，实在太好了。

四肢都不能动的小太，已经不能靠自己吃东西、喝水和上厕所了。

现在小太的命完全仰赖阳子维持。

阳子几个月前未曾想到，竟然会把工作中短暂的休息时间，全部花在猫咪身上。

骑自行车从工作单位飞奔回家，阳子的心中却是充实的。

原本休息时间也只是坐着发呆，一会儿就过去了，绝对没有像现在这样热切的心情。

我也有能为别人做的事情。

像是怀着某种使命感，阳子持续照顾着小太。

但是，小太的生命之火，在某天清晨突然熄灭了。

平时小太很少叫，那天，阳子却被小太的叫声唤醒。阳子把小太抱起来。

“怎么了，小太？哪里疼吗？要喝水吗？要换尿布吗？”

小太睁着黑漆漆的眼眸凝视着阳子。

“喵！”

它撒娇一般地叫了一声，便闭上了眼睛。

“小太……”

之后，小太的眼睛再也没有睁开过。

小太的葬礼过后，阳子的心里总是空落落的。

一树正在收拾小太的床，阳子却觉得小太始终睡在那里，久久难以释怀。

夜里，小太多次出现在阳子的梦中。

梦中的小太是刚来时，在房间里活蹦乱跳的模样。

它“喵喵”叫着，跳上阳子的腿。

“小太！”

阳子正想把它抱起的时候，却醒了。小太，已经不在了。

起床后，阳子不住地叹气。

一树默默地守护着阳子。

不久，阳子和一树夫妇迎来了好消息——他们有了第一个孩子。

阳子觉得，这是上天看到他们失去了小太，太过寂寞，而赐给他们的礼物。

阳子有一段时间没梦到小太，某天突然又梦到了。

梦中的小太“喵喵”地叫着，跳上阳子的腿。

第二天，阳子接到了朋友的电话。

“我们准备去旅行，可以把猫寄养在你家吗？就寄养一只小猫也行。”

阳子还在孕期，正在犹豫时，脑中突然浮现出与小太在一起的快乐时光。

只是寄养几天，应该没事的。

阳子这样宽慰着自己，去了朋友家。

朋友家里养猫很久了，阳子到了才发现，除了之前熟悉的深褐色成年猫，还有一只小橘猫。

“我家的猫不知道怎么就怀孕了，生下了四只小猫。有三只已经找到了领养，就剩这一只怎么都找不到人领养。”

朋友直爽地说。

小猫就是会不断地出生啊……

阳子亲眼看着无人领养的小猫，脑中突然浮现出了，小太它们当初在工厂附近踉踉跄跄的模样。

朋友负责地帮它们找领养，但是也有人什么都不管，直接把小猫遗弃了……

“这只小猫，可以送给我吗？”

“哎？阳子，你之前那么喜欢猫吗？”

朋友非常惊讶，但愉快地答应了。

当晚，下班回家的一树被迎面而来的猫咪吓了一跳。

“我当然也很高兴。但是养猫的话，可能过敏啊，还有卫生方面，对小宝宝没有影响吗？”

“到时候再说吧！”

阳子挺起胸膛，撂下一句话。

这样大大咧咧的阳子，还是第一次见。

一树看到妻子意外的一面，暗暗吃惊。

新来的小猫，阳子给它取名叫尼尼。

尼尼健康地成长，很快就超过了小太的体形，在房间里上蹿下跳。

尼尼总是赖在肚子越来越大的阳子脚边，撒娇讨要零食吃。

尼尼的厕所不是临时的纸箱，而是专门给尼尼买的猫砂盆。

尼尼最喜欢跟它一起玩耍的一树。晚上，玄关的门锁一响，原本躺在阳子腿上的尼尼，就会一下子蹿到门口，迎接一树。

晚上睡觉时，尼尼也一定要睡在一树的被子上。阳子甚至有些吃醋地想：“明明是我每天照顾尼尼，尼尼却跟一树更亲密。”

尼尼来家里半年后，高桥家盼望已久的第一个孩子——隆盛出生了。

尼尼第一次见到隆盛会有什么反应呢?

阳子出院那天，夫妇二人有些紧张，因为听说有的猫咪很不擅长与人类婴儿相处。

“尼尼哥哥，这是隆盛。你们要好好相处哦!”

尼尼一看到多日未见的阳子，就飞奔过来。然而就在它看到隆盛的一瞬间，“喵!”尼尼竖起尾巴，逃走了。

“果然还是不行啊……”

阳子和一树同时叹了口气。

今天是第一次见面嘛，也是正常的。

阳子这样想着，把隆盛放在了新买的婴儿床上。

阳子忙着收拾房间，再回头看隆盛时，只见尼尼正靠在婴儿床腿边睡觉呢。

隆盛似乎已经醒了，在婴儿床里伸伸胳膊，蹬蹬小腿。

“哈哈，你们什么时候关系这么好了?”

一树从隔壁房间伸过头看。

原本只有一树和阳子的家庭，现在增加了尼尼和隆盛。

尼尼和隆盛大概因为只差了几个月，虽然一个是猫咪，一个是人类，却像亲兄弟一样亲密。

四年后，次子俊哉出生，家庭又添一员。

尼尼也已经五岁，成长为一只稳重的成年猫咪。

尼尼在长子隆盛出生后不久，就接受了绝育手术。

阳子和一树都不希望再出现像小太那样的可怜生命了。

开始牙牙学语的俊哉总是追着尼尼。

尼尼轻巧地逃开，跳到柜子上，梳理着毛发。

已经成年的尼尼现在气质稳重，原本也不是特别调皮捣蛋的性格，成年后愈发沉稳，照顾起来毫不费力。

“这样的话，我们或许可以再养一只猫——如

尼尼

果又发现了没人要的小猫……”

阳子这样想。平静的日子一天天过去，突然有一天，阳子发现俊哉的眼神有些异样。

阳子急忙带俊哉去附近的眼科医院检查。

“右眼好像看不见……”

这个消息对阳子来说，犹如晴天霹雳。

医生建议他们去大医院接受更加精细的检查。阳子带着俊哉，乘地铁去了很远的大学附属医院。

结果出来了，俊哉患上了名为“视网膜母细胞瘤”的一种罕见的婴幼儿眼内恶性肿瘤。如果不及时治疗，癌细胞可能会扩散至大脑。

穿着白大褂的医生说：“多亏妈妈发现得早。”

“必须立刻手术，摘除右眼。”

摘除右眼……

阳子用婴儿车推着俊哉，已经不记得那天是怎样回到家里的了。

晚上，阳子把医生的话告诉一树，边说眼泪边噼里啪啦地往下掉。

“不要担心，阳子。医生不是说了，只要摘除就没事了。手术也不难，一定会没事的。”

理智上能接受，情感上却难以接受。

长子隆盛也十分担忧地看着妈妈。

“喵——”

阳子的脚边触碰到了什么暖暖的东西，原来是尼尼！

尼尼正在用头蹭阳子的脚。

尼尼平时也经常这样，但这次，阳子觉得尼尼仿佛是在安慰她：

“妈妈，俊哉一定会没事的，不要担心了。”

“是啊，尼尼。我作为妈妈，在这里哭哭啼啼的，太不像样子了……”

阳子轻轻抚摸着尼尼的头，心想。

“对不起啊，我已经没事了。我们来做俊哉的住院准备吧！”

在尼尼的目送下，阳子送俊哉到大学附属医院接受治疗。

手术非常成功，没有任何问题。俊哉的右眼摘除后换上了义眼，外观与真眼球完全一样，只要自己不说，根本不会有人知道右眼是假的。

俊哉与其他正常的孩子一样，上幼儿园，然后进入小学。

入学式、运动会、公开课、汇报演出……兄弟二人的各种学校活动接连不断，转眼就到了年末。

阳子完成年底大扫除后，坐在沙发上休息，尼尼立刻跳到她腿上蜷缩成一团睡觉。

尼尼已经十二岁了，换算成人类的年龄差不多六十多岁，已经是猫爷爷了。

现在的尼尼性格越来越稳重，每天睡觉的时间也变多了。

是啊。俊哉也上小学了，终于可以再养一只尼尼的弟弟或妹妹了。

但是，从那之后，他们再也没有捡到流浪猫，也没有听说别人给猫找领养。

“要是没有无家可归的猫咪，也是好事情啊。”

之前阳子这样想，也就暂时忘记了给尼尼找弟弟妹妹的事。

这天中午，家里只有阳子和尼尼，阳子突然又想到这件事，就试着在网上搜索“流浪猫”。

转眼间，几个招募猫咪领养的网站就跳了出来。

也有好几个专门从事猫咪救助的志愿组织。

“我之前怎么会觉得没有流浪猫呢？

"或许，我们家附近也有这样的志愿者，正在默默救助流浪猫呢。"

阳子看到猫咪领养的网站上写着：

"全国共有三千三百三十一条招募信息。"

日本全国就有三千多条，阳子所在的关东地区也有一千五百九十七条领养招募的信息。

日本居然有这么多无家可归的猫咪。

更何况，像曾经的小太那样，没有被救助，任由其自生自灭的猫咪，还不知道有多少呢……

阳子目不转睛地盯着电脑屏幕，浏览猫咪照片。尼尼突然跳到阳子腿上，用脑门蹭着她的下巴撒娇。

"嗯？尼尼，你喜欢这只小猫吗？"

当时的画面中，是一只四个月大的、有着圆圆的大眼睛的可爱狸花小猫。

"动物收容中心"这个机构阳子第一次见，大概是收养和救助流浪猫的机构吧。

这么说，这只小猫也曾经是流浪猫……

照片里，小猫睁着圆溜溜黑漆漆的眼睛，好像

千叶县A市
公猫　灰色狸花猫　四个月
背景：
9月中旬，从动物收容中心被救助出来。性格黏人，爱撒娇。
送养人：长谷川女士

看着这边。

那双眼睛，跟阳子记忆中难以忘怀的一双眼睛，仿佛重合了。

“小太……”

情不自禁地，阳子不等与一树商量，就给送养人长谷川女士发了邮件。

偶然遇到小太，却又很快迎来痛苦的离别。

然后，又遇到了尼尼。

俊哉的病情要不要写呢？阳子瞬间犹豫了一下，但是觉得长谷川女士可能也想问，就把所有故事如实地，一并写进了邮件里。

当时，是尼尼拯救了我。

所以我想，这次轮到我向猫咪报恩了。

很快她就收到了长谷川女士的回复。

当晚，阳子给一树看了长谷川女士的回信，并说明了情况。

“确实，这只小猫跟小太好像啊……”

没有见过小太的隆盛和俊哉看着屏幕上小猫的照片，只是兴奋地大叫：“好可爱！好可爱！”

从长谷川女士的回信中，可以看出她对于小太的逝去也十分心痛。

长谷川女士养了很长时间的猫咪波波，似乎不久前也去世了。

我的猫咪波波，跟小太一样，曾经也是流浪猫。

它十五岁，由于肾脏情况恶化，于上个月去世了。

现在我家还有三只猫：之前跟波波一起捡

到的兄弟小虎，从别的地方捡到的十二岁的悠太，还有今年三岁、负责陪小猫们玩耍的勘平。

去世的波波享年十五岁。

跟尼尼只差三岁……

阳子继续往下读。

但是，对十二岁的尼尼来说，现在家里来新的猫咪，可能会给它带来压力。

根据尼尼的反应，我们或许需要安排试领养的时间。

长谷川女士的回信，不仅考虑到阳子他们，还考虑到尼尼的感受。

阳子对未曾谋面的长谷川女士，从心底产生了信任。

当然，领养新的猫咪也不能给猫咪爷爷尼尼造成负担。

阳子立即给长谷川女士发邮件，并附上答好的问卷。

如果小猫要缠着尼尼玩耍，丈夫和两个儿子会陪着小猫玩。

也谢谢您连尼尼的心情都考虑到了！

长谷川女士的回复又是很快就到了。

阳子一家决定周末立刻去见小猫。

在窗明几净的长谷川女士家里，许多猫咪一同出来迎接阳子一家四口。

长谷川女士在邮件中说还养着三只猫，但眼前的猫可不止三只。猫咪们上蹿下跳，动来动去，难以数清楚，大概有七八只猫。

“我刚刚救助了一群附近居民喂养的流浪猫。”

“这么冷的天气，猫也会产崽啊？”

一树很惊讶地问，他原以为猫的发情期只在春天呢。

长谷川女士救助的猫咪

“猫一年有两三个发情期。每到发情期，母猫就可以产崽，一窝可以生三只以上，多的时候有五六只小猫。”

阳子大致算了算，这样一年下来，一只母猫就可以生将近二十只小猫呢！

人类每年生育一个孩子，都累得够呛了。

阳子想到自己结婚几年后，才终于怀上了长子隆盛。

世间还有许多夫妇，想要孩子却怀不上呢……

“所以，希望真正的爱猫人士，除了给流浪猫喂食，也要带它们做绝育手术……啊，王子，你又在吃花！”

是照片上的那只灰色狸花小猫，正在大口大口地啃着花瓶里的花呢。

长谷川女士轻轻地抱起那只小猫，小猫的名字好像是叫王子呢。

阳子注意到花瓶旁边摆着的三花猫的照片。

“这就是上个月去世的波波吧……”

“是的。我们已经尽力了，毕竟它年纪也大了……不知为什么，王子总是吃波波的花。但是波波很温柔的，它一定会在天堂，笑着原谅它吧……”

长谷川女士轻轻地把王子放在地板上。

王子迈着四只小短腿，朝对面的小猫们颠颠地跑了过去。

隆盛和俊哉完全沉浸在令人眼花缭乱的猫群里了。

长谷川女士脚边走来一只大大的三花猫，身上是草帽一样的橘色，“喵”地叫了一声。它行动缓慢，看起来很有威严。

“这是小虎，当初跟波波一起捡到的。捡到时

小虎

应该刚出生没多久，眼睛都还没睁开。小虎当时都没有呼吸了，没想到却是小虎更长寿呢。生命的可能性，真让人捉摸不透啊！”

长谷川女士边说边轻轻抚摸着坐在腿上的小虎，一树和阳子也都不住地点头。

在一树和阳子年轻时来到他们身边的小太。

从朋友那里要来的尼尼。

还有隆盛和俊哉，他们都是偶然降生到这个世界上，与一树和阳子成为一家人。

看样子，长谷川女士已经认可阳子他们了。

“相信高桥女士您一定会好好照顾王子的。连同去世的小太的那份关爱，好好爱护王子。”

返程的车上，隆盛和俊哉兴奋地大叫：

“太好啦！有弟弟啦，太好啦！”

十天后来到高桥家里的王子，很快熟悉了这里。

尼尼也只是在最开始蓬起身体凶了凶王子，但马上又恢复到原来的沉稳模样。王子在旁边翻滚玩球，它也完全不理会。

淘气的王子想跟尼尼一起玩，但已经是老爷爷的尼尼不怎么搭理它。

于是，阳子和一树又领养了一只三花猫优诺。

王子

这下王子有了玩伴，每天开心地嬉戏打闹。王子伸出猫爪挑衅优诺，两只猫就扭打在一起，像在进行摔跤比赛，隆盛和俊哉在旁边做实况转播。

“王子使出猫猫拳！啊，落空了！优诺的攻击怎么样？哦，打中了！”

摔跤比赛结束后，两只猫又十分亲密地相互舔毛。

突然觉得好安静啊，一看它俩，正额头贴额头，靠在一起睡觉呢。

没过多久，“喵！喵！”的声音再次响起，两只猫又开始进行摔跤比赛，每天都重复着这个过程。

尼尼从远处静静地看着，打着哈欠。

非常平凡的每一天，只要有猫咪在，家里就充满了温暖的光。

或许活着最幸福的事情，就是全家人在一起，什么事情都没有，平凡地度过每一天吧！

“小太一定是为了把这束光带给我们，才降临到我们家吧！”

“我回来了！”玄关传来一树的声音。

比孩子们的动作还快，三只猫咪已经赶到玄关迎接。

“欢迎回家，爸爸！”

“喵！”阳子听着家人的声音，也站起身来，走向厨房。

一树回到家，就到了晚饭的时间，猫咪们也要开饭了。

阳子“哗啦哗啦”地打开猫粮袋子，尼尼、王子和优诺听到声音，都冲到厨房里来。

王子　　　　尼尼

结语　猫咪的魔法仍在继续

“你们应该会原谅我了吧……”

长谷川深雪看着两只小猫的照片，喃喃自语。

照片中的小猫，一只是褐色长毛，一只是黑底白花。

它们是长谷川深雪在一月份的寒冷冬夜救助的里恩和加恩。

从那之后过去多少年了？

加恩　　　　里恩

里恩和加恩是深雪救助并为其寻找领养的最初的流浪猫。

但是，她选择领养人时看错了人。

从那之后，深雪不知度过了多少个悔恨懊恼、难以入眠的夜晚。

但是，里恩和加恩的生命无论如何都无法挽回了。

“我一定会给你们找到好主人，让你们过上幸福的生活！”

那天，深雪刚刚救回里恩和加恩，为了给它们寻找领养人，她把两只猫咪的照片发布在招募猫咪领养人的网站上。

那个网站上有数不清的猫咪照片。

但是这和日本全国流浪猫的数量相比，还只是九牛一毛。毕竟，全日本每年被安乐死的猫咪就超过十万只。

看着如此多的猫咪信息，深雪对于能否为里恩和加恩找到领养人，感到有些不安。

“啊，邮件来了！”

出人意料的是，信息刚刚发布一个小时，就出现了想要领养里恩和加恩的人。

只是，对方离深雪所在的关东地区很远。

通常情况下，送养猫咪的志愿者，一般会要求领养人先到家中面谈。

通过面对面的交流，判断对方的人品性格，以及能否认真照顾猫咪等。

但是，如果是需要坐飞机的距离，就没必要了。

> 感谢您的好意，但是我想找住在首都圈的领养人……

深雪客气地回绝了对方。

对方却没有放弃。

> 因为工作关系，我经常去东京出差，可以顺便到您家拜访。我真的非常想要领养里恩和

加恩……特别是里恩，它与我之前去世的猫咪非常像，我无论如何都很难放弃。

“与之前去世的猫咪非常像”这句话，打动了深雪。

据他自己的描述，他的职业是医生，因此经济上没有问题，也有一定的社会地位。路程如此远，他还愿意来深雪家拜访，并且愿意同时领养里恩和加恩。

总之先见一面，如果没什么问题的话，距离远一些应该也没关系。

虽说志愿者间有这样一种不成文的规定，但应该优先考虑的，还是里恩和加恩能够幸福。

深雪决定与对方会面。

周末，那人按照约定时间，准时来到长谷川女士家。

邮件中给人一种知书达理的印象，但实际见面后，总觉得哪里有些不对劲。

可是深雪自己也不知道，究竟哪里不对劲。最终，深雪摇了摇头，否定了自己的疑虑。

对曾经养过的猫咪念念不忘，甚至想要领养与之相似猫咪的人，一定会好好照顾里恩和加恩的。

经过反复考虑，最终深雪决定把里恩和加恩交给他。

几天后，深雪带着里恩和加恩去了羽田机场，在机场把写有“认真照顾猫咪”等内容的领养合同交给那个人，就算是正式完成了领养手续。

“那么以后请您好好照顾里恩和加恩，也请定期给我发邮件，告知它们的近况。”

里恩和加恩蜷缩在狭小的宠物航空箱内，看上去十分恐惧。

深雪最后一次抚摸那两只小猫。

“当然了！我一定会把它们当作家人来照顾的！”

深雪非常期待从他口中听到这样的话，但直到最后也没能听到。

望着他走向登机口的背影，深雪不住地安慰自己：“没事的，一定不会有事的……”

第二天，深雪收到了那个人发来的照片。

邮件中写着“它们很好。”

但不知是不是深雪的错觉，照片中的里恩和加恩，脸上带着恐惧的表情。

邮件中还写着“它们的指甲怎么没剪”之类的抱怨的话，为了救助两只小猫付出巨大心力的深雪感到有些伤心。

两只小猫有了新名字。

里恩叫作紫苑，加恩叫作椿，都是非常美丽的花名。

“所以没事的，他一定会好好照顾它们，让它们幸福的。

“是我想太多了……”

深雪这样宽慰自己，心中却始终萦绕着一丝不安。

之后就没有消息了。

深雪的不安越来越重，一个月后的一天，她突然收到邮件，那个人终于发来了两只小猫的照片。

里恩和加恩看起来还是一脸恐惧。

邮件中写着“紫苑和椿已经基本适应新生活了。”

虽然还有少许不安，但看到两只小猫的照片，深雪暂时还是放心了。

但是，又过了几周，再次发来的邮件却让深雪忍不住痛哭起来。

> 昨天，椿去世了。
>
> 早上还是健康活泼的样子，我也很难相信。

椿——加恩去世了吗？

突如其来的消息犹如晴天霹雳，深雪的脸色吓得惨白。

之前在宠物医院检查过，加恩没有伤病，非常健康。

健康的小猫突然暴毙，原因不明，正常人能接受吗？

因为惊吓过度，深雪没有回复邮件。第二天，深雪接到了那个人的电话。

自从机场分别后，许久没有听到的那个声音，向深雪告知了更加悲痛的消息。

“紫苑也生病了，活不了多久了。”

不对，太奇怪了！一定有什么不对劲。

深雪从震惊和悲痛中振作起来，在其他志愿者的帮助下，想尽一切办法，调查那个人。

他的确是一名医生，但同时也开设“后院猫舍”，从事血统猫的繁育和贩卖工作。

进一步调查“血统猫”，深雪又发现了“Japanese Bobtail”这个从未听过的词。

“Japanese Bobtail？”

深雪向其他志愿者请教，马上得到了回答。

“‘Japanese Bobtail’是日本短尾猫，指尾巴短短的、像兔尾一样蜷成一个毛球的日本本土猫，在流浪猫中很常见。这种猫在国外很受欢迎，运送到国外可以卖到很高的价钱。”

深雪想到了里恩和加恩蓬蓬的、毛球一般的尾巴。

猫的尾巴也有很多种。

有细细长长、笔直伸展的“Full Tail（全尾）”；

尾巴像是被中途截断一般，末端像钩子一样弯曲的“Kinked Tail（折尾）”；

尾巴在空中卷成一个圈的“Aerial-Curled Tail（空中卷尾）”；

尾巴末端垂在身体旁边的“Flank-Curled Tail（侧腹卷尾）”，等等。

喜欢猫的人当中，许多人对猫尾巴也有特定的喜好。

“那么，里恩和加恩可能因为是‘Japanese Bobtail’，所以被人以繁殖赚钱的目的带走的？”

“很有可能，目的就是为了让它生小猫，然后卖到国外去赚钱。根据我们的调查，他作为育猫人，经常参加猫咪比赛……长谷川女士，这是欺诈！这是谎称领养，实则出于利益，把猫当作繁殖机器的赤裸裸的欺诈行为！”

“欺诈”这个词在深雪的脑中一遍遍回响。

志愿者把猫咪交付到领养人手中时，一定会要求领养人为猫做绝育手术。

这是为了防止猫的数量超过人类能够养育的范围。

被安乐死处理的小猫，很多都是没有接受绝育手术的家养猫产下的主人无力饲养的幼猫。

所以需要防止猫咪数量超过主人的承受范围。主人不理解这一点的话，流浪猫的数量就很难降下来。

但是，那人居然以繁殖售卖的一己私利欺骗深雪，带走了两只猫咪。

以繁殖售卖为目的，肯定不会给猫咪做绝育手术。

只是出于利益目的，完全把流浪猫当作繁殖机器。

这是赤裸裸的“欺诈”。

深雪的脸色变得铁青。

深雪好不容易才救下里恩和加恩，本想让它们从此过上幸福的生活，未承想却把它们送到了黑心商人的手中。

“这完全是我的失误……”

“这种欺诈很常见。还有的人，为了把狗狗等作为实验动物出售，借机接近我们。所以我们必须格外谨慎，加倍小心。许多志愿者在最终交付的时候，会亲自把猫咪送到对方家里，实地考察对方是否出于诈骗或动物虐待等目的。”

“虐待……”

头脑一片混沌的深雪，心头又涌上另一种不安。

“虐待猫狗也很常见。有人以虐待为目的领养，把猫狗残忍虐杀之后，再来申请领养。”

深雪更加担心活着的里恩的安危，愈发坐立不安。

“我一定要让他把里恩和加恩还回来！”

正在深雪忧心忡忡，思考怎么让那个人把里恩和加恩还回来时，对方又打来电话。

深雪之前求助的志愿者，似乎向那个人所属的组织打过招呼，那个人知道自己以繁殖售卖为目的领养两只小猫的事情已经败露。

更加令深雪震惊的是，他毫不避讳地承认了自己的领养欺诈的事实。

“里恩还好吗？”

深雪在电话里逼问对方，那个人却说：

“紫苑心脏不好，活不了多久了。”

深雪怒不可遏地呵斥他：

“把里恩和加恩还给我！”

结果，下一个瞬间，更加令人难以置信的话从电话那边传了过来。

“不可能了，都死了！”

“啊？！”

深雪一时无法理解他的意思。

“谁死了？”

“两只都死了！”

“什么？！”

几秒钟前不是还说它心脏不好，好像它还活着一样吗？

里恩和加恩都死了，都不在这个世界上了——

深雪感到体内一阵怒火，猛地冲到胸口。

第二天，深雪得知东京将要举办大型猫咪比赛，那个人也会参加，她怀着忐忑的心情，赶到比赛会场。

“说不定里恩还活着，万一他带着里恩来参赛呢？

“我跟他当面对质，一定要带回里恩！”

比赛会场上，许多猫咪被关在笼子里，等待评审。

突然，深雪在舞台上看到了一个身影，那是她永生难忘的身影。

他的猫咪正在舞台上接受评审。

不久，评审结束，他抱着猫走下舞台。

那个人看到深雪的一瞬间，瞪大眼睛，大吃一惊。

强烈的震惊和愤怒情绪已经平息，深雪现在十分冷静。

“你在领养合同上签过字，承诺要好好照顾它们的吧？”

“……”

“说什么里恩跟之前养过的猫咪很像，这都是假话吧！”

“……”

说到底，那个人所说的话，只有一点是真的，那就是医生的身份吧。

深雪拿出了事先准备好的合同。

合同上写着“我承认实施了领养欺诈”这句话，以及明确加恩的生死、把里恩以健康的状态返还深雪等条款。

对于完全无视领养合同的人，深雪也不指望他能遵守这份合同的内容。但是为了里恩和加恩，深雪也不能什么都不做。

那人在合同上签字并盖章。

但直到最后，他既没有归还里恩，也没有明确告知加恩的生死。

如今，怎样后悔都没有用了。

误以为那人是一个合格的主人，做出这样判断的，正是自己。

那天，深雪从猫咪比赛现场神情恍惚地回到家里，打开门。

“喵！”

三只猫出来迎接。

“波波、小虎、悠太……”

深雪瘫坐在沙发上。

不经意间，她看到了里恩和加恩的照片。

“对不起，对不起……里恩、加恩……”

“我该怎样跟里恩和加恩道歉和忏悔呢？”

呆坐在沙发上的深雪脑中，里恩和加恩曾经在这里嬉戏的样子反复萦绕。

“喵！”

喜欢撒娇的波波跳到深雪的腿上。

悠太在深雪旁边走来走去，仿佛在说：

“看看我嘛！”

小虎也注意到了深雪的反常，从高高的柜子上关切地往下看。

深雪把手放在波波身上，波波温暖的体温通过手掌传递过来。

“是啊，现在不是消沉的时候。

“在我消沉时，可能还有很多像里恩和加恩一样的流浪猫正在受苦。

“还有像波波和小虎一样，装在塑料袋里被扔掉的猫咪，还有像悠太一样，被遗弃在停车场的猫咪……”

由于里恩和加恩的惨痛经历，深雪在心里做出了新的决定。

从那之后，多少年过去了。

痛失里恩加恩之后，深雪救助并找到领养的猫咪有阿银、克拉拉、向日、薄荷、王子等超过五十只猫。

当然远远比不上一年被安乐死的十万只。但是，总比什么都不做要好。

把几只猫从被杀的命运中拯救出来，送到新主人手中，让它们幸福地生活——即便如此，深雪心中对于里恩和加恩的负罪感仍旧没有消除。

深雪想，我必须坚持下去。

再多一只也好，要把无家可归的猫咪，送到能给它幸福的家庭中去。

这几年，深雪的猫咪救助活动越来越专业化。

她自己购置了捕猫笼，用来捕捉对人类怀有戒心的流浪猫。为了减少捕获时猫咪的不安，她还亲手缝制了一个布套。

深雪还准备了一个救助猫咪用的大笼子。

虽然深雪白天还有工作，没有太多时间救助流

罩上手工布套的捕猫笼

浪猫，但渐渐地，深雪救助猫咪的事情开始传开，有人发现流浪猫就会告诉深雪。

“我家附近有流浪猫。我看它们可怜就偶尔喂它们一些食物。但是这样常常被附近的居民投诉……你在从事猫咪救助活动吧？你能帮帮我吗？”

某天，一位住在深雪公司附近的老婆婆来找深雪帮忙。

觉得流浪猫可怜，所以给它们喂食。本意是好的，但是给它们喂食的话，就会导致更多的流浪猫出现。

没有做过绝育手术的母猫，一年可以繁殖将近二十只小猫，而许多出于好心喂猫的人，往往都不知道这一点。

也有人认为，给猫咪绝育很可怜。此外，一般来说，喂猫的人也负担不起所有流浪猫的绝育手术费用。

所以说，问题不在于猫，而在于人类。

因为人类喂食，猫才聚集起来。

没有做过绝育手术的猫聚集起来，就会生出

小猫。

猫不是故意要给人类添麻烦。

所以希望所有喂养流浪猫的人，也能负起责任，给它们绝育。

希望不要再降生只是为了受罪而来到世上的生命了。

出于好心、偶尔喂食流浪猫的人，等到处理不了时，就来找深雪这样的专门从事救助活动的志愿者帮忙。

志愿者如果什么也不做，不管流浪猫的死活，该多轻松啊。

但是深雪不能放手不管。

如果让更多的人了解猫咪的习性和繁殖能力，被安乐死的猫就会减少，受流浪猫困扰的社区也会减少。

深雪在繁忙工作的间隙，前往老婆婆所说的社区。

在垃圾场附近，深雪看到了许多正在翻找食物的猫。还有许多猫主动走到她脚边，像在说“给我点好吃的吧！”，非常亲人。流浪猫的数量，竟然有十只以上！

每只流浪猫，在深雪眼中，都像曾经的里恩和加恩。

深雪首先向附近的居民询问情况。

“流浪猫？我们烦死了！快点帮我们赶走吧！”

每家都把流浪猫看作害虫一样。

深雪问了几家居民的意见后，经过谨慎考虑，给居委会会长写了一封信。

三丁目町会长先生：

您好！我是长谷川深雪，是A市动物保护指导中心登记在册的猫咪救助志愿者。

最近，有人联系我说，你们社区内流浪猫数量激增，居民的生活受到影响。

信封内附有“社区猫咪”活动宣传册。

如果有什么我可以帮忙的，请联系我。

谢谢！

长谷川深雪

当然，也有很多人讨厌猫狗。

对这些人来说，自然不希望流浪猫破坏社区环境。

所以，需要志愿者借助喜欢猫咪的人的力量，推广“社区猫咪”活动。

在规定时间内，准备定量的食物。

猫咪吃完后，收拾食盆。

设置猫咪厕所，准备猫砂，并定期清理。

为猫做绝育手术，术后在耳朵上做好标记。

严格遵守以上规则喂养流浪猫的话，不幸的猫和受影响的人，应该都会减少。

流浪猫和社区居民和谐共存——这就是“社区猫咪”活动。

有的地区因为生活着幸福的“社区猫咪”，甚至成为有名的观光地。前去观光的游客随处可见悠闲自得的猫咪，不禁露出微笑。

一天，深雪终于等到了会长的电话。

深雪协调好工作时间，来到居委会，发现除了会长，还有很多人。

其中大部分都是“守护猫咪派”。

深雪激动得热泪盈眶。

在接受老婆婆的求助后，深雪在小区里碰见的都是“讨厌猫咪派”，她本以为在这里一个同伴都没有。

“即便现在，的确有许多人坚持‘把流浪猫全部赶走’。但是，关于长谷川女士所说的不要让猫咪的数量继续增加这一点，大家达成了共识。所以，我们想好好探讨一下‘社区猫咪’活动。”

居委会会长看着深雪的眼睛，坚定地说。

其他喜欢猫咪的人也朝深雪点头。

幸好没有放弃，给会长写了信……

“非常感谢大家的支持和理解，接下来请多多关照！”

之后，居委会开始招募“社区猫咪”志愿者。

深雪从会长那里拿到了传单，这是会议当天聚集起来的居民们制作的。

虽然只是不起眼的一点进步，但也是至关重要的第一步。

社区猫咪仍旧是流浪猫，不是家养猫。

可能突然遭遇交通事故，生病了没有主人带它去医院，也没有暖和的床铺。

很久以前，人类为了防止鼠害而驯养了猫咪，使得猫咪能够跟人类一起生活。原本，被人类喂养、用心照顾，才是猫咪最好的归宿。

通过社区猫咪活动，接受绝育手术的猫咪增多，流浪猫的数量就会渐渐地减少。不久，就可以把流浪猫的数量控制在人类能够承担责任饲养的范围内。

社区居民齐心协力，就能够创造出人与猫和谐共存的幸福环境。

希望有一天，能够创造一个再也不需要这项活动的世界。

深雪怀着对那一天的憧憬，直到今天也继续充当猫和人之间的桥梁。

一天，深雪收到一封邮件。

是从深雪这里领养了克拉拉的冈田太太发来的。

邮件里有一张克拉拉和冈田家之前的猫咪露露，亲密地团成一团，睡在一起的照片。还写着“我家的猫咪团子！”，深雪情不自禁地笑出了声。

冈田太太还问了一个问题：

您为什么为了猫咪，可以做到这种程度呢？

深雪脚边，最近刚刚救助的三只猫咪，正“喵喵”叫地闹成一团。

深雪看着屏幕，思考了一会儿，在键盘上敲下：

应该是被猫咪施了魔法吧！

发送邮件之后，深雪站起身，去给小猫们准备晚饭了。

结局

致想领养猫咪的人

看过本书之后，如果您也想领养猫咪，请先对照下面的“领养猫咪问卷”自查。

1. 您的家庭成员是否全都同意养猫？

2. 您现在居住的房子里是否允许饲养宠物？

3. 家里有人对猫过敏吗？

4. 决定谁来照顾猫吃饭和上厕所了吗？

5. 如果家里有人抽烟，能否为了猫的健康而戒烟？

6. 能否在规定日期之前，带猫去做绝育手术？

7. 能否承担定期的疫苗接种等医疗支出？

8. 可以在窗户和玄关设置栅栏，以防止猫出门吗？

9. 旅行或长时间家里没人时，有人可以帮忙照顾猫吗？

10. 家里有没有可能发生搬家、结婚或生子等变化？如果发生这些变化，能否承诺不离不弃，照顾猫的一生？

（参考：猫咪领养志愿者长谷川女士所作《申请领养问卷》）

想要领养猫咪的话，可以咨询当地的志愿者组织，或加入猫咪领养协会等，应该有各种各样的方法。请跟您的家人一起找找吧！

著作权合同登记号 图字 01-2024-4366

图书在版编目 (CIP) 数据

找到幸福的流浪猫 / （日）今西乃子原著 ; 日本青鸟文库编 ; 高宁译. -- 北京 : 人民文学出版社, 2025.
（救救动物！）. -- ISBN 978-7-02-019291-5
Ⅰ. I313.85

中国国家版本馆 CIP 数据核字第 2025PK7836 号

责任编辑　李　娜　王雪纯
装帧设计　钱　珺

出版发行　人民文学出版社
社　　址　北京市朝内大街166号
邮政编码　100705

印　　刷　安徽新华印刷股份有限公司
经　　销　全国新华书店等

字　　数　76千字
开　　本　787毫米×1092毫米　1/32
印　　张　5.625
版　　次　2025年6月北京第1版
印　　次　2025年6月第1次印刷

书　　号　978-7-02-019291-5
定　　价　30.00元

如有印装质量问题，请与本社图书销售中心调换。电话：010-65233595